시가 머무는 교실!
시와 노니는 교실!

들어가며

어린이 시인들과 함께 살고 있습니다

2014년부터 시작해 열 번째 시집을 엮었다. 홍기 선생님과의 운명적인 만남으로 처음 엮은이로 내 이름을 올리게 된 『내가 사는 낙』. "내가 없어도 선생님은 잘 할 수 있을 것 같아요."라는 말에 힘을 얻어 엮었던 『할머니가 된 피구공』. 선물처럼 찾아온 기회로 이 책에 겨울 이야기를 더해 다시 엮어낸 『어른들은 이상해』. 성주 중앙초등학교 사춘기 6학년 아이들의 학교, 학원, 집, 행복 이야기를 담아 낸 『세상은 돌림판』. 우리들의 소소한 일상을 담겠다는 의미로 엮어 낸 『소소함을 담다』. 열 살 아이들의 시를 모아 엮은 『철들지 않은 나』. 구미 오산초등학교로 전근와서 처음으로 전담을 하게 되었을 때 6학년 아이들과 함께 엮은 『열세 살 내 인생』. 코로나19로 시집을 제대로 출간하지 못하고 인쇄본에 만족해야 했던 『코로나19 종소리』. 도서출판 브로콜리숲과 인연이 되어 처음으로 인터넷 서점에 입점한 『우리만의 비밀기지』. 구미 오산초등학교 마지막 해 4학년 아이들과 함께 엮은 『우리가 만든 또 다른 행성』 까지 모두 10권이다.

10년 동안 아이들과 시를 썼다. 분명 시를 가르치기만 했는데 내 안에 배움이 가득 쌓인 것 같은 이 느낌은 무엇 때문일까? 처음 3년은 아이들과 놀면서 시 쓰기를 했다. 그때는 이미 잘 배운 아이들이어서 내가 가르칠 것이 없었다. 그 후에는 매번 어떻게 하면 재미있게 시를 읽을 수 있을까? 어떻게 하면 자기 이야기를 맛깔나게 시로 쓰게 할까? 고민하면서 시 쓰기를 가르쳤다. 한 해 두 해가 지나면서 실패한 방법은 덜어내고 도움이 되었던 방법을 차곡차곡 모았다.

그렇게 10년을 보내는 동안 매년 만나는 어린이 시인들은 나에게 한 번도 뻔한 대답을 한 적이 없다. 당연히 이런 생각이었을 거야 하고 시에 적힌 표현에 관해 물어보면 '우와' 소리가 절로 나는 멋진 대답을 하니 계속 쓸 수밖에 없었다. 선생님이 그만 시에 빠져 뭘 할 때마다 시로 써보자고 하면 "또요?" 하면서도 멋진

시를 쓰는 어린이 시인들이 있어 멈추지 못했다.

"난 시가 좋아졌어." 하며 쓰는

어린이 시인들이 있어 계속 공부했다. 동시 쓰기 덕분에 지치지 않고 지금까지 살아있다는 느낌으로 지낼 수 있었다.

수업이 끝나고 아이들이 모두 떠나면 조용한 교실에 앉아 그날 있었던 수업을 돌아보며 글을 쓰고 내일 수업을 준비해 보는 게 소원이다. 수업 시간에 아이들이 한 말과 장면이 오래오래 기억에 남을 것 같지만 하루만 지나도 또 다른 수업에 가려 잊힌다. 그렇게 20년 넘게 살아오다 드디어 용기를 내어 한 글자 한 글자 적어보기 시작했다. 운이 좋은 날에는 학교에서 몇 글자 적어두고 연수 중에도 공책에 끄적거려 보기도 했다. 조금씩 쓰다 보니 제법 이야기가 모였다. 매번 다음에는 더 잘할 것 같은데 하면서 일을 마무리하니 언제 어른이 될지 참 걱정이다.

1호 제자라는 자부심으로 열심히 공부하게 해 주신 홍기 선생님과 새로운 곳에서 힘들어 할 때마다 다독거려 주시며 도전할 수 있도록 응원해 주신 이광휘 교장 선생님께 고마운 마음을 전한다. 처음 쓰는

책이라 어떻게 해야 할지 답답할 때마다 '짠' 하고 나타나 따뜻한 말로 힘을 주신 김천 동신초등학교 이완석 수석 선생님, 무엇보다 멋진 시를 써내느라 창작의 고통을 겪었을 구미 문성초등학교 4학년 4반 28명의 어린이 시인들에게 사랑한다는 말을 전한다.

2023년 초겨울 꽁지샘 박수경

차례

제2부 시와 노니는 교실

선생님,
근데 우리 시는
언제 써요?

1부
시가 머무는 교실

1-1 시 읽으며 자라요

어린이와 동심

매년 대부분 새로운 아이들을 만난다. 대부분이라고 한 것은 가끔 작년 아이들과 다음 학년이 되어서 만나는 일도 있기 때문이다. 매년 만나는 어린이들은 같은 아이가 하나도 없다. 심지어 쌍둥이를 만나도 성격이 어찌나 다른지 교사는 지루할 틈이 없다. 그 아이들과 또 일주일에 다섯 번을 만난다. 나는 매일 만나는 이 아이들이 너무 궁금해졌다. 가끔 아이들을 멍하게 바라볼 때가 있다. 그러면 아이들은 대부분 내가 뭘 잘못했나 싶어 자기를 살핀다. 어떤 아이들은 앞과 뒤를 돌아보며 잘못한 일을 한 아이가 있나 살펴보기도 한다. 요즘은 어린이와 동심에 대해 생각하느라 나는 더 멍하게 아이들을 바라보고 있고 이제 아이들은 내가 '생각'을 하나 보다 한다.

마음속에 고민이 생기면 어김없이 서점을 간다. 그날도 서점에 들어서서 늘 하던 습관대로 책 냄새를 킁킁거리고 여기저기를 둘러보았다. 『어린이라는 세계』는 표지가 너무 귀여워 들었다가 '어린이'가 들어간 제목에 이끌려 별 기대 없이 구매한 책이다. 어떤 선택은 이렇게 뜻밖의 행운이 따르기도 한다. 한 장씩 넘길 때마다 그야말로 자기반성을 하면서 읽었다. 물론 독서 교실을 운영하는 작가와 한 학기에 한 권 읽어주는 것도 힘들어 매일 끙끙대야 하는 초등 교사는 다르다는 것을 알지만 그럼에도 불구하고 마음가짐이 이래서야 되나 싶다.

이 책은 제1부 '곁에 있는 어린이'를 시작으로, 제2부는 '어린이와 나', 제3부는 '세상 속의 어린이'로 구성되어 있다. 나는 이 책을 덮으면서 어린이들의 품위를 지켜주는 어른이 되고 싶다고 생각했다. 어린이 앞에서만 그러면 연기처럼 보일 수 있으니 늘 그런 사람이 되고 싶다. 조그만 일에도 감사할 줄 알고, 작은 변화에도 민감하게 반응하고, 겉모습만 보고 타인을 판단하지 않는 어른 말이다. 마음만으로 되지 않으니 나도 보고 배우고 싶다. 좋은 어른들은 '이럴 때 어떻게 하나 기웃거리'다 보니 이런 좋은 어른 이야기와 만나게 되었나 보다. 어린이보다 책을 더 많이 읽었을 텐데 '매번 어린이한테 배운다'는 김소영 작가가 '기웃거리고 싶은' 친구가 되면 좋겠다고 생각하며 다시 어린이에 대해 생각하기 시작했다.

책은 참 나를 부끄럽게 한다. 에세이를 읽는 내내 나는 어떤 마음으로 아이들과 만나고 있나라는 생각이 들어 참 부끄러웠다. 수학 시간 프로젝트로 학교 공간을 꾸미는 활동을 하자는 제안이 들어왔다. 이때다 싶어 38쪽부터 46쪽까지 한 글자 한 글자 정성을 다해 아이들에게 읽어주었다. 매일 너희들에게 최선을 다해야 하는데 이 글을 읽으며 너희들에게 너무 미안하다며 눈물을 찔끔거리는데 OO이가 정신이 번쩍 들게 한다. "선생님 근데 품위가 뭐예요?" 하하하 그렇지. 내가 또 너무 심취해서 실수했다.

정신을 차리고 아이들과 '어린이' 라는 존재에 대해 생각해보자고 했다. '어린이' 가 어떤 존재인지 알아야 거기에 맞게 공간도 구성해볼 수 있지 않겠느냐는 뭔가 거창한 말도 덧붙이고 누군가는 '어린이날에 선물 받는 사람' 이라고 말하더라면서 함께 웃기도 했다. 그러자 **가 손을 들더니 "어린이요! 초등학교에 다니는 학생이요." 한다. "그렇지. 나이로 봐서는 그런데 그렇게 남들이 정해놓은 것 말고 우리가 한번 정해보자는 말이지." 말만 던져두고 생각하느라 머리가 복잡한 아이들 사이로 왔다 갔다 하며 함께 힘들어해 준다. 각자 3분 동안 진지하게 써서 모둠별로 이야기를 나누었다. 모둠별로 이야기할 때 친구가 말한 것이 공감이 가면 손을 들어 공감의 의사표시를 하도록 했다. 공감한 수를 별로 메모해두게 하면 모둠 발표할 의견을 정하기에 쉽다. 별이 가장 많거나 동점을 얻은 의견을 발표하도록 하면 되니 말이다. 각 모둠에서 모둠 활동을 진행한 친구들이 공감의 표를 얻은 의견을 말하는 시간을 가졌다. 아직 듣는 훈련이 잘 안 되어 들었는데도 까먹어서 앉아 있는 친구들이 '아니 그게 아니고' 하면서 도와주기도 한다.

'어린이' 에 대한 어린이의 생각모음

> 어린이가 어른과 다른 점이 무엇인가? …… 그들도 어른들과 다름없이 오염된 사회 환경 속에서 숨 쉬며 살아가는 인간이다. 어른들의 눈을 즐겁게 하기 위해 진열된 인형이 아니라, 그들은 나날이 시시각각으로 성장하고 있는 것이다!
>
> – 이오덕, 『어린이는 모두 시인이다』 95쪽, 96쪽

나는 이 글을 읽어보고 어린이란 어떤 존재인지 생각하게 되었는데 이 아이들은 이 글을 읽어보지도 않았는데 참 잘도 안다. 저마다 아이들이 적은 것을 찬찬히 읽다 보니 결국 어린이나 어른이나 별반 다를 것이 없다. 보리 국어사전에 '어린이를 나이 어린 사람. 흔히 네다섯 살 먹은 아이부터 초등학교에 다니는 아이까지를 이른다.' 라고 되어 있는 이유를 알 것 같다. 결국 어린이를 규정할 수 있는 것은 나이밖에 없겠구나 싶은 것이다.

그러나 『어린이라는 세계』에서도 밝히고 있듯이 어린이에게서 나이나 학년 같은 것을 덜어내고 보면 어린이에 대해 더 많은 것을 알 수 있다. 키가 크다거나 작은 눈 같은 외모 때문에 걱정인 어린이도 있고, 부모님이 내 마음을 몰라주는 것 같아 속상한 어린이도 있다. 심지어 영상에서 본 장면이 계속 떠올라서 잠을 못 자는 어린이까지 겉으로 보기에는 별 차이 없어 보여도 들여다보면 사연이 많다. 이렇게 어린이가 가진 개성은 본인 스스로가 만든 것도 있지만 부모님으로부터 받거나 친구들과 지내면서 얻거나 다양한 경험을 통해 만들어진다. 이렇게 어린이들은 어른과 다른 그 시기에 그들만의 세상에서 그들만의 개성으로 살아가고 있다.

그 와중에 눈에 띄는 것은 아직 뇌의 문이 활짝 열려있는 상상력과 창의력이 넘쳐나는 미래의 작은 새싹이다. 아이들과 시를 함께 읽고 쓰면서 어쩜 저런 생각을 했을까? 하는 순간이 많다. 살아오는 중에 잊어버려서 그런 것인지, 애초에 그런 생각은 할 수 없었던 것인지는 알 수 없는데 아이들이 한 말을 듣는 순간 그렇지 하는 걸 보면 나도 예전에는 그런 시절이 있었던 듯하다.

나는 철들지 않은 열 살.
어른들은 나에게
공부 좀 해라! 정리 좀 해라!

그런데 나는
스마트폰으로 게임하고
내일은 실험왕 만화책 읽고
책은 꺼내서 쌓기만 하고
물건은 바닥에 질질 흘리고
내가 봐도 철이 안 들었어.

철들려면 어른들 말대로
공부하고 책을 읽어야 하는데
공부하고 책 읽을 생각이
콧구멍만큼만 있어.

– 박수경, 『철들지 않은 나』, 「철들지 않은 나」 전문

시를 읽고 한참을 웃었다. 어쩜 이리도 자기 자신을 잘 알까? 그래도 완성된 시를 만들기 위해서는 시를 다듬어야 했다. 보통 우

리는 그럴 생각이 전혀 없다는 뜻으로 '콧구멍만큼도 없어' 라고 한다. 그런데 일부러 알고 그런 것인지 아님 잘못 표현한 것인지 알아야 했다. 공부하고 책 읽을 생각이 없는 것인지, 아주 조금만 있는 것인지 물었더니 자기 손으로 코를 가리키면서 '요만큼만 있다고 한 건데요.' 한다. 참 다행이다. 아예 없는 것은 아니라서 말이다. 어린이를 알려면 어린이의 마음을 잘 읽어야 하는데 그러려면 시만큼 좋은 읽을거리는 없다는 생각을 한 번 더 하게 된다.

결국 수학 시간 프로젝트 수업은 우리 교실에 노는 공간은 마아아아니(많이) 생기고 북카페도 생기고 친구들과 이야기 나누기 쉽게 공간이 바뀌는 것으로 마무리되었다. 교사인 나는 우리 아이들이 생각보다 나름 진지하다는 깨달음을 얻었다. 어린이들은 많이 놀면서 친구들과 함께 배우면서 자라는 존재다. 그리고 어른들은 그런 어린이들에게 신나게 놀면서 배울 수 있도록 도와주는 존재겠지. 오늘도 품위 있는 어른이 되는 데는 조금 부족했던 것 같아 반성한다.

동시를 읽을까? 어린이시를 읽을까?

동시와 어린이시가 어떻게 다른지 모르는 어린이들이 많다. 동시와 어린이시는 독자가 어린이라는 것은 같다. 쉽게 말하면 '동시' 는 '어른이 쓴 시' 이고 '어린이시' 는 '어린이가 쓴 시' 이다. 아이들에게 동시와 어린이시가 어떻게 다른지 물어보면 정확히 구분하지 못한다. 일단 동시와 어린이시에 대해 설명하고 두 종류의 시집을 읽어보게 했다. 시를 많이 접해본 지오는 '어린이시는 실제로 있었던 일을 바탕으로 쓰는 거 같고 동시는 창의력과 상상력을 바탕으로 쓰는 거 같다' 고 한다. 책을 많이 읽는 해우는 '어른들이 자기 생각이나 자신만의 표현이 더 풍부한 것 같고 어린이시는 너무 사실만 쓰는 것 같다' 고 한다. 한참 시 쓰기에 재미가 붙은 아현이는 '동시는 평소에 어린이들이 하지 못하는 생각들이 많고 어린이시는 내가 겪어서 뭔가 공감이 가고 나도 이랬는데 하는 것이 많다' 고 했다. 자신의 의견을 논리적으로 잘 표현하는 윤서는 '어린이시가 동시에 비해 어른이 흉내 내지 못하는 어린이만의 표현이 있다' 고 느끼기도 했다. 열한 살 아이들이 시를 읽는 안목이 이 정도다. 이 이야기를 나눌 때 동시나 어린이

시가 별반 다르지 않게 느껴진다고 한 아이들도 있었는데 어떤 시집을 읽느냐에 따라 이런 생각을 할 수 있겠구나 싶었다.

내가 보기에 동시는 동심을 담아 시로 썼기에 어린이가 쓴 것처럼 보이지만 읽어보면 어른이 쓴 티가 난다. 시 속에 깊은 철학을 담고 있기도 하고, 어린이들과는 다른 사고로 표현한 듯한 작품을 만나기도 한다. 어른이 읽어야 할 것 같은 작품을 만나면 동시가 맞나 싶을 때도 있다.

간혹 아이들에게 어떤 동시를 읽어주어야 하는지 묻는 경우가 있다. 사실 아이들에게 어떤 동시를 읽어줄지 아는 방법은 작품을 많이 읽어보는 수밖에 없다. 동시든 어린이시든 일단 선생님이 많이 읽다 보면 동시 고르는 힘도 생긴다. 하지만 초등 교사들은 너무 할 일이 많다. 2023년 동시 공부 입문자에게 마침맞은 읽을거리가 나왔다. 《창비어린이》 2023년 봄호는 창간 20주년 기념호로 '동시-내일의 노래'를 특집으로 실었다. 특집 기사 중에 '초대와 환대의 동시-판을 위하여'에는 동시 입문자를 위한 동시집부터 평론집에 이르기까지의 자료가 총망라되어 있다. 책을 시리즈로 읽는 것은 선호하지 않으나 이례적으로 동시집은 시리즈로 읽어 보기를 권한다.

어떤 시집을 읽어야 할지 막막하면 《창비어린이》(2023, 봄호)를 구해서 읽어보기를 권한다. 이안 작가로부터 소개를 받아 《창비어린이》(2023, 봄호)를 받아 읽었는데 한 달 후 온라인 서점에 들어가보니 품절로 구입을 할 수가 없었다. 동시를 공부하는 사람이 정말 많다는 것을 새삼 깨닫게 되었다. 이안 작가님은 이 계간지에 다양한 동시집 시리즈를 소개했다. 이 글에 소개된 동시집 시리즈로는 비룡소의 '동시야 놀자', 문학동네의 '문학동네 동시집' 시리즈와 창비의 '창비동시집' 이 있다. 그 외에도 꾸준히 동시집을 출간해 온 사계절, 푸른책들, 국민서관, 청개구리, 가문비어린이, 고래책빵, 열린어린이, 문학과 지성사 등을 소개하고 있다. 이에 더해 토토북은 판형이 독특한 동시집으로 소개하고 있으며 한그루, 청색종이, 브로콜리숲, 천개의 바람, 현북스, 도토리 숲은 묵묵한 색깔을 지닌 동시집으로, '상상 동시집' 시리즈는 안도현 시인이 기획 위원으로 참여했음을 알려준다.

이것으로도 부족하다면 2023년 4월에 출판된『천천히 오는 기쁨』을 소개하고 싶다. 이 책은 이 시대를 살고 있는 동시인들에 대한 이안 작가의 평론집으로 동시집 '21편의 해설은 독자적으로 읽힐 수 있게 지금의 관점에서 수정하고 보완' 해 실었다. 어떤 동시를 읽어야 할지 막막할 때 한 장 한 장 읽다 보면 21명의 동시 작가와 만나게 된다.『천천히 오는 기쁨』머리말에는 글 한 편, 한 편에 충분한 사랑을 주지 못했음에 안타까워하는 작가의 모습이 그려진다. 동시인이 쓴 작품을 '읽고 또 읽고' 그것으로도 모자라 녹음해서 들어도 보고, 필사까지 하면서 자신의 사랑이 미치지 못할까 절망하면서 한 문장 한 문장 완성했을 모습이 떠오른다. 선배 시인으로서, 같은 길을 걷고 있는 동료로서 얼마나 고심했을지 선하게 그려진다.

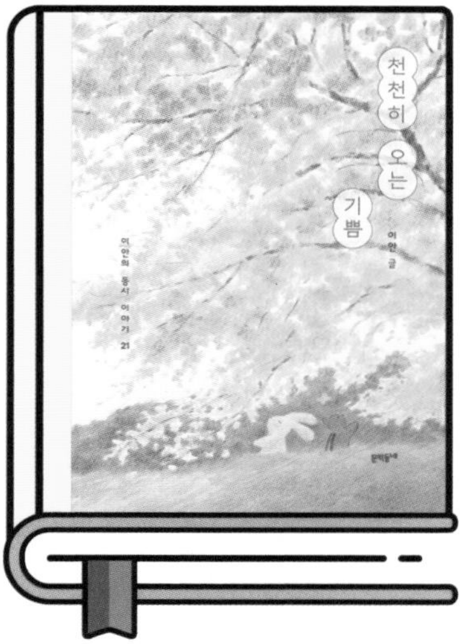

이안 작가가 사랑으로 쓴 해설을 따라 한 권씩 읽다 보면 동시를 쓴 작가들과 만나게 된다.

모든 동시를 읽는 게 힘들다면 이 책에 수록된 시인 중에 가장 마음에 와닿는 시인을 한 명 골라 시작해보는 것을 권한다. 이안 시인이 펴낸 평론집은 이전에 『다 같이 돌자 동시 한 바퀴』도 있지만 동시를 공부하는 사람에게 적합해서 생각보다 읽기 힘들 수도 있다. 우리처럼 아이들과 함께 읽기 위해 동시집을 읽고 고르려면 『천천히 오는 기쁨』이 더 적합해 보인다. 작가가 살아 온 이야기나 작품 이야기까지 함께 읽을 수 있으니 더없이 좋은 동시 공부 책이다.

반면 어린이가 쓴 어린이시는 어린이가 보고, 듣고, 겪은 것들이 표현되다 보니 읽기가 쉽다. 간혹 어른은 절대 흉내 낼 수 없는 어린이만이 쓸 수 있는 표현과 만나기도 한다.

> 어린이시는 어린이가 쓰는 시다. 그것은 어른이 쓰는 시나 어른이 어린이를 위해 쓰는 동시와는 그 쓰는 과정과

표현이 다르다. 쓰는 주체가 앞은 어른이고 뒤는 어린이이기 때문이다. 어린이 시 교육은 이 엄연한 사실 위에서 이루어져야 한다. (중략) 어린이시는 아이들의 생명이 넘치는 생활 감동을 소박 솔직하게 나타낸 시다. 시인의 시는 기교로 만들어지지만, 아이들의 시는 생활 감동으로 쓰인다. 시인의 시는 머리로 짜는 것이지만, 아이들의 시는 온몸으로 토해 내듯이 쓰는 것이다. 아이들의 생활에는 살아 있는 감동이 충만해 있어서 그것을 그대로 잘 표현하면 된다. 이 '잘'이라는 것은 이른바 기교가 아니다. 감동을 가장 소박하고 솔직하게 나타내는 방법이다.

– 이오덕, 『어린이는 모두 시인이다』, 95, 96쪽

어린이시집은 아무래도 초등학교 교사가 엮어서 출판하는 경우가 많다. 대표적으로는 임길택 선생님이 엮은 『아버지 월급 콩알만 하네』와 『꼴찌도 상이 많아야 한다』. 이호철 선생님이 엮은 『잠 귀신 숙제 귀신』과 『요놈의 감홍시』. 김용택 선생님이 엮은 『달팽이는 지가 집이다』. 탁동철 선생님이 엮은 『까만 손』. 박선미 선생님이 엮은 『저 풀도 춥겠다』 등이 있다.

시가 머무는 교실에서는 동시와 어린이시가 함께 살아야 한다. 동시를 읽으면서 끝없는 동시의 세계를 만나게 된다. 짧은 말로 표현된 동시를 만나면 글을 써 봐야지 하고 도전하고 싶은 마음이 생기게 된다. 짧게 써도 글이 된다는 것만으로도 매력적이니

어린이시집 모음

말이다. 누군가에게 하면 핀잔을 들을 수 있는 말장난도 시와 만나면 말놀이 시가 된다는 것을 깨닫게 해준다. 산문시를 만나면 시가 아니라 산문인 줄 알았다면서 시를 표현하는 형식에 대한 편견을 깨기도 한다. 어린이시를 읽으면서 나를 만나고 세상을 알게 된다. 어린이시를 만나면서 내가 어떤 사람인지 고민하기 시작한다. 나를 살펴보고 친구를 살펴보고 가족에 대해 생각하다 보면 어느새 세상을 품게 된다. 읽기만 해도 이렇게 많은 것을 얻게 되는데 쓰기까지 하면 얼마나 더 큰 삶에 닿을 수 있겠는가? 동시는 참 매력적이다.

국어 교과서 속 시 읽기

새 학년이 되면 제일 먼저 국어 교과서를 읽어본다. 올해는 어떤 책을 읽을지 미리 살펴보는 것이다. 한 해를 잘살아 보려면 교육과정을 어떻게 꾸려야 할까 고민하게 되기 때문이다. 시를 다루는 단원은 매 학기 한 번 이상 꼭 나온다. 처음에는 교과서에 나오는 시로만 수업을 했다. 교과서에 실린 시를 실감나게 낭송하고 내용도 파악해보고 학습 목표에 맞게 활동도 한다. 아이들한테 교과서에 실린 시를 읽을 때와 동시집을 읽을 때 느낌이 어떤지 물어보았다. 아이들은 국어책에 있는 시를 재미있게 느꼈다. 거기에 대한민국의 모든 학생에게 읽게 하려고 더 좋은 시, 도움이 되는 시를 골라주었을 테니 국어책에 있는 시로 수업을 하는 게 맞는단다. 어쩜 이리도 생각이 깊은지. 확실히 교과서에 실린 시가 예전 시보다 더 재미있다.

그런데 막상 활동을 해보면 아이들은 그렇게 재미있어하지 않는다. 4학년 2학기에는 시를 읽고 생각이나 느낌을 나누는 활동을 하는데 아이들에게 교과서에 있는 시와 시집 중 어떤 게 더 활동하기 좋은지 물어보았다. 아이들은 내 생각이나 느낌을 나눌 수 있는 시가 많은 시집으로 활동하는 게 더 좋다고 말한다. 교과서에는 지면의 한계 때문에 여러 편의 시를 싣지 못하지만 시집에는 많은 시가 있으니 당연히 그렇지 않을까?

4학년 2학기 시 읽기 학습 주제는 '시를 읽고 경험 말하기'다. 국어 교과서에는 김개미 시인의 「온통 비행기」가 실려 있다. 김개미 시인의 동시집을 좋아하는 독자로서 동시집을 읽을 때마다 교과서에 실렸으면 하는 동시가 참 많았다. 김개미 시인이 쓴 동시는 내가 생각하는 어린이의 모습과 어린이의 마음이 실감나게 느껴지기 때문이다. 읽을 때마다 이런 시를 나도 쓸 수 있으면 좋겠다고 여긴 적도 많았다. 심지어 김개미라니 동시인의 이름마저 독자에게 흥미롭게 다가온다. 국어 교과서에 실린 「온통 비행기」는 비행사인 자신의 꿈을 표현하고 있다. 어느 해에는 이 '시를 읽고 경험 말하기' 활동이 잘 된다. 서로 할 말이 많아 시간이 부족할 지경이다. 하지만 어느 해에는 아이들이 별로 말이 없다. 꿈이 없다는 아이도 있고, 너무 되고 싶은 게 많아서 이 시와 경험이 다르다고 하기도 한다. 올해도 이 시간이 다가오자 고민이 되었다.

누구에게나 무언가에 마음이 사로잡혀 다른 것은 생각해보지 않은 경험이 있을 것이다. 그런 점에서 이 동시는 아이들과 생각이나 느낌을 나누기에 재미있는 동시이다. 내용을 파악하고 짝에게 자기의 경험을 말해 주었다. 그런 다음 일어나서 의자를 넣고 의자 뒤에 선다. 일곱 개의 모둠이 모두 일어서면 돌아다니면서 친구들에게도 자기의 경험을 말해주도록 한다. 친구에게 자기의 경험을 말했는데 비슷하면 가위바위보를 해서 진 사람이 이긴 사람 뒤에서 어깨를 잡고 이동한다. 다른 친구를 만나면 같은 방식으로 해서 계속 말하기를 이어간다. 5분 정도 지나서 어깨를 잡은 모둠별로 경험을 나누었다. 같은 시를 읽었는데 이렇게 경험이 비슷한 친구들도 있지만 다른 생각을 한 친구들이 더 많다는 것을 가시적으로 확인할 수 있는 활동이다.

교과서에는 이 한 편의 시로 두 시간 수업을 하도록 배정해두었지만 이렇게 활동을 해도 학습 목표는 충분히 달성할 수 있다. 그렇다면 나머지 한 시간은 어떻게 하면 좋을까? 바로 「온통 비행기」가 실린 『쉬는 시간에 똥 싸기 싫어』를 함께 읽어보는 것이다. 교실에 『쉬는 시간에 똥 싸기 싫어』가 4권 있어서 모둠을 4개로

'꼬꼬무'–비슷한 경험이면 가위바위보

나누었다. 모둠 활동을 하기 전에 먼저 선생님과 함께해 본다. 일단 목표 인원을 정한다. 선생님이 목표 인원 5명을 정한 다음 우리 모둠 친구 중에 이런 경험을 5명 정도 했을 것 같다고 생각되는 시를 고른다. 그런 다음 아이들에게 읽어주고 비슷한 경험이 있는 사람 손을 들어보자고 한다. 5명이 맞으면 한 번 더 도전, 틀리면 다음 사람에게 시집을 넘기고 같은 방법으로 활동을 하면 된다. 우연히 예능 프로그램을 보다가 생각한 활동인데 아이들이 엄청 재미있게 동시를 읽었다. 그러다 한 모둠에서 질문이 들어왔다. 내가 꼭 겪은 것은 아니지만 텔레비전에서 본 것이나 들은 것은 안 되느냐는 것이다. 직접 겪은 것만 인정할지 간접적으로 겪은 것도 인정할지는 전체 아이들과 상의해서 정할 수 있을 것이다.

시 수업을 할 때마다 뭔가 아쉬움이 있다. 시가 가진 참맛을 느끼게 해주고 싶은데 교과서에 실린 시로는 항상 부족하다고 느끼게 되는 것이다. 아이들에게 국어 교과서에 실린 작품은 원작에 대한 정보가 책 뒷부분에 있다고 알려준다. 그러면 아이들이 도서관에서 찾아 읽기도 하고 집에 있다며 가지고 와서 자랑하기도 한다. 교과서는 이렇게 늘 우리가 채워주어야 완벽해지는 책이다. 시를 공부할 때는 교과서의 이런 면이 살아있는 배움이 되도록 도와주어 더욱 기쁘다.

1-2 시와 함께 머물러요

시가 머무는 교실 속으로

나는 초등 교사다. 그래서 너무 행복하다. 매년 3월이 되면 우리 반은 '시가 머무는 교실'이 된다. 이것이 나를 행복하게 하는 가장 큰 이유 중 하나이다. 시가 머무는 교실이라고 해서 거창한 것은 아니다. 시가 머무는 교실은 '책과 노니는 교실' 속에 있다. 내가 학급 운영에서 가장 중요하게 생각하는 것은 품위 있는 학급 문고를 꾸미는 것이다. 그런데 어느 순간 책이 너무 많아서 정리하기 힘들게 되었다. 그 무렵 시 쓰기 공부를 한 지도 5년째 되던 터라 뭔가 변화가 필요했다. 시 책장을 샀다. 학급 경비로 살 수 있는 물건이 아니어서 조립형을 구매한 다음 아이들의 눈높이를 생각해 2단으로 만들었다. 거기에 더해 계절마다 새로운 시를 만날 수 있는 《올챙이 발가락》을 정기구독하기 시작했다.

시가 머무는 교실 속에는 아이들이 쓴 시로 가득하다. 미술 시간에 봄을 관찰하고 쓴 시를 우유곽에 붙인 작품은 책장이 있는 창문에 매달려있다. 과학 시간에 씨를 관찰하고 나무에 쓴 시와 씨앗 작품은 아이들이 키우는 식물이 자라는 창문에 매달려있다. 진로 활동 시간에 나를 표현한 시는 열쇠고리로 만들어 사물함

씨앗으로 쓴 시

우유곽에 쓴 시

손잡이에 대롱대롱 매달려있다. 아이들이 만든 책을 꽂아 두는 책장에는 김성민 시인을 만나기 전에 『브이를 찾습니다』와 『고향에 계신 낙타께』를 읽고 가려 뽑은 시로 엮은 시선집, 미술 시간에 따뜻한 느낌이 드는 색과 차가운 느낌이 드는 색깔을 배우고 각각의 느낌에 맞는 시를 골라 표현한 시화로 만든 책들이 꽂혀 있다.

못다 한 이야기는 차곡차곡 또 한 공간의 교실을 채워갈 것이다. 아직 책장 위에는 작품을 붙일 수 있는 창문이 두 개나 더 있고 식물이 자라는 창문은 여름 방학이 지나면 빈 공간이 될 테니 말이다. 교실 뒤편 환경판에는 28개 이름표가 시를 담을 준비를 늘 하고 있고 가운데 '시야 놀자' 공간에는 예쁜 엽서에 쓴 시들이 한 줄 한 줄 모내기하는 모 마냥 늘어가고 있다.

이제 시를 쓰는 칠판이 나올 때가 되었다. 분필로 썼다 지우는 것도 있고 보드마카를 이용하는 것도 있는데 시가 머무는 교실에는 분필로 쓰는 칠판을 샀다. 《올챙이 발가락》에서 친구들과 함께 읽고 싶은 시를 고르도록 하고 한 명씩 돌아가면서 쓴다. 한 번 쓴 시는 일주일 정도 함께 읽는데 하루를 여는 시간이나 닫는 시간을 이용하는 게 가장 좋았다. 일주일이 끝나는 날에는 암송하기 챌린지를 진행한다. 먼저 선생님이 도전하는 모습을 보여주고 도전하고 싶은 아이들에게 기회를 준다. 의외로 도전자가 많다. 그렇다고 성공하는 아이들이 많은 것은 아니어서 성공하는 기쁨을 주기도 한다. 일주일 동안 칠판에 적혀있던 시는 따로 옮겨 적어 작품으로 전시한 후 시선집으로 엮어 준다. 이 정도면 되었다. 더 있으면 다른 것을 할 수 없으니 이 정도로만 꾸미면 된다.

어린이 시인을 위한 책장

시가 머무는 교실을 꾸미면서 동시집을 꽂는 책장은 별도로 만든다. 시 책장은 회전형으로 구입해서 돌려가며 시를 고를 수 있도록 한다. 교실을 이동할 때나 교실 속에서 공간을 이동하기 좋고 아이들 키에 맞추어 2단, 3단, 4단까지도 조립이 가능한 것으로 준비한다. 이제 책장을 준비했으니 책을 채울 차례다.

책장은 학급 문고처럼 나름대로 원칙을 세워 정리한다. 그러면

동시집과 어린이시집 책장

분필로 쓰는 시칠판

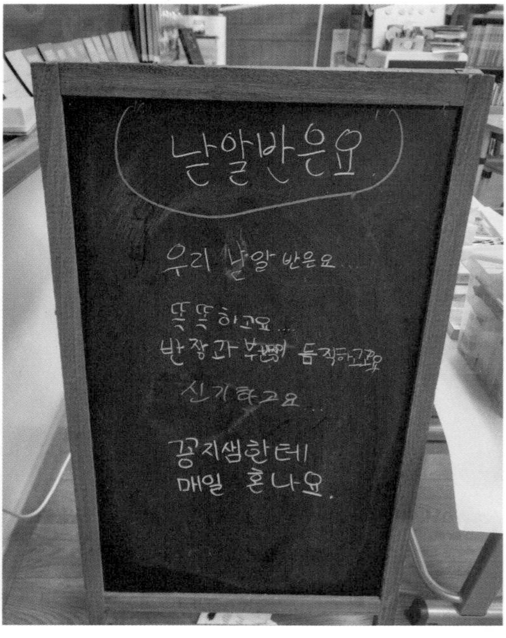

아이들이 책을 읽고 스스로 정리하기도 쉽기 때문이다. 책장 1층은 어린이시집으로 꾸린다. 2020년부터 나온 《올챙이 발가락》과 십 년 동안 아이들과 함께 엮은 시집도 꽂는다. 거기에 『쉬는 시간 언제 오냐』 등의 어린이시집이 1층에 자리한다. 2층은 동시집을 꽂아 두는데 문학동네 동시집은 수가 많아 번호대로 정리하고, 나머지는 가나다순으로 정리해둔다. 책장을 개방할 때는 반드시 정리에 대한 원칙을 설명해주고 읽은 책을 제자리에 꽂을 수 있도록 지도한다. 특히 가나다순으로 정리하는 동시집의 경우 사전에서 낱말을 찾는 순서와 같아서 사전에 실린 순서를 오래 기억할 수 있도록 도와준다.

이 책장은 회전 책장이어서 돌려가며 원하는 책을 고를 수 있다. 간혹 책을 고르는 게 아니라 장난을 치는 아이들이 있다. 이런 일

'시야 놀자' 환경판

이 있어서 '권정생 동화나라'에 다녀오면서 사 온 꽁지 인형을 소쿠리에 담아 올려두었다. 아이들은 책장을 돌릴 때 혹시 인형이 떨어질까 봐 조심해서 돌렸다. 간혹 이 인형은 시를 들어주는 인형이 되기도 하고 시에 등장하기도 한다. 책장을 꾸밀 때는 이렇게 책과 아이들을 위한 소품도 함께 신경 쓰면 좀 더 의미 있는 공간이 되기도 한다.

봄, 여름, 가을, 겨울 시 택배

3월이 되면 《올챙이 발가락》이 교실로 온다. 《올챙이 발가락》은 한국 글쓰기 연구회에서 어린이시를 모아 펴내는 계간지이다. 봄, 여름, 가을, 겨울에 맞는 시를 마침맞게 받아 볼 수 있는데 가격이 3,000원으로 착해서 그야말로 가심비 최고인 잡지이다. 올해 우리 반은 28명인데 14권씩 오도록 정기구독을 신청했다. 짝과 함께 보고 마음에 드는 시 세 편을 고르도록 한다. 우리가 처음 만나는 시다. 무엇이든 처음이 중요하니까 처음에는 어린이시와 만난다. 쉬우면서도 공감이 가고, "이런 것도 시가 돼요?" 하는 질문이 나오기에 적당한 읽기 자료이다. 《올챙이 발가락》에 실린 작품을 쓴 작가는 초등학생들이다. 그래서인지 아이들은 시를 친근하게 대한다. 나는 《올챙이 발가락》이 오는 시기에 맞추어 함께 할 수 있는 시간을 준비하면 된다. 계절이 바뀌는 일은 매번 일어나는 일이지만 관심을 갖지 않으면 그 좋은 글감이 그냥 사라져버린다. 시를 쓰는 데 가장 필요한 관찰력도 기르고 자연에 대한 감수성을 일깨우기에 계절만큼 좋은 글감은 없다.

《올챙이 발가락》 봄호를 함께 읽을 즈음이 되면 봄을 찾는 탐정이 되어 본다. 나는 수업을 위해 아침 등굣길에 죽은 것 같은 나뭇가지에 조그맣게 올라온 새순, 마른 잔디 사이에 조금씩 잎을 내밀고 있는 꽃다지도 찍는다. 마침 한결 가벼워진 옷차림으로 운동장 가에 앉아 있는 6학년을 발견하고는 뒷모습만 찍을 테니 사진을 찍어도 되느냐고 물어본다. 수업에 쓰는 거라고 설명도 하고 말이다. 흔쾌히 허락해 주면 최대한 날씬하게 찍어서 보여 주고 동의도 받아야 한다. 이제 수업 시간에 보여 주면서 사진의 공통점을 찾아보라고 한다. 마른 가지나 땅에서 막 올라오는 초록 풀, 산수유까지 보면서 바로 손을 들었다가 마지막 사진에서 손을 내린다. 다들 저건 뭐지? 하는 표정이다. 다시 손을 든 몇몇 아이들은 '봄'이라고 말하고도 마지막 사진은 무엇이냐고 묻는다. "오늘 아침에 운동장에서 찍은 사진인데 얼마 전까지만 해도 패딩 입고 다들 실내에 있었잖아"까지만 말했는데도 알겠다는 듯이 고개를 끄덕인다. 이제 되었다.

과학 시간을 이용해 루페와 돋보기를 들고 운동장으로 나간다. 여기저기 봄이 온 곳을 찾아 나선 탐정들은 자기가 찾은 봄을 알려 주려고 선생님을 부른다. 김소영 작가는 글자를 배울 때 읽기는 쓰기와 함께 가야 한다고 했다. 이는 동시를 배울 때도 마찬가지여서 동시를 읽기만 하는 것이 아니라 쓰기도 같이 하면 좋다. 아직은 서툴지만 《올챙이 발가락》 봄호를 읽은 후에는 봄이 온 곳을 찾아 시로 써 보게 하면 아이들은 자기가 찾은 봄을 자신들의 말로 잘 표현한다. 한 번씩 봄비가 오는 날에 나무와 꽃이 비를 맞는 모습을 볼 수 있는 날, 황사 먼지가 심해 운동장 체육을 못 하는 날, 목련꽃이 떨어지기 시작하면 꽃잎에 그림을 그려보면서 시를 써 보기도 한다. 이때 시를 쓰고 싶지 않거나 쓸 게 없다고 하는 아이들이 있으면 그대로 쓰지 않을 권리를 준다. 시를 쓰지 않더라도 다른 친구들이 쓴 시를 들어보는 것도 공부니까 서둘 필요는 없다.

봄, 여름, 가을, 겨울 올챙이 발가락

《올챙이 발가락》 여름호가 올 때쯤에는 비가 많이 온다. 날도 무지 덥다. 그동안은 시를 읽기만 했다면 이제 슬슬 써 보는 시간을 줄 때다. 친구들과 함께 한 시간도 많아지고 학교에서도 여러 가지 일들이 생겨나니 이제 나만의 표현 방법을 익혀보도록 도와준다. 《올챙이 발가락》 2019년 가을호에 '시 읽기 좋은 여기' 활동이 소개되어 있다. 앉아서 시를 읽는 일이야 늘 해보는 것이니 우리도 한번 따라 해본다. 《올챙이 발가락》을 읽고 마음에 드는 시를 한 편 고르도록 한다. 다 고른 사람은 일어나도록 하고 일단 교실에서 출발한다. 시 읽을 장소를 선택한 사람이 "시 읽기 좋은"이라고 하면 나머지 학생들이 "여기"라고 하면서 낭송할 친구를 바라본다. 자기가 고른 시가 몇 쪽에 있는지 말하는 동안 아이들은 시집에서 시를 찾는다. 아이들이 들을 준비가 되면 시낭송을 한다. 시낭송이 끝나면 왜 이곳에서 읽고 싶었는지 설명을 하고 다음 장소로 이동한다. 교실 이곳저곳에서 낭송하고 복도, 계단, 운동장, 교문 앞, 놀이터까지를 돌아 다시 교실까지 오면 한 시간이 지나간다. 밖으로 나갈 때는 무선 마이크를 가져가야 집중하는 데 도움이 된다. 야외로 나가다 보면 집중력이 흐트러지기 때문에 시낭송하는 사람은 약간 높은 곳에 서서 하도록 자리를 정해주면 더 좋다. 이마에 땀이 송글송글 맺히도록 시를 읽고 교실에 돌아와서 시원한 에어컨 바람을 맞으면 그 고마움을 절로 느낀다. 그렇게 시공책을 펼치면 자신들이 이 더운 날 얼마나 고생했는지 잘도 쓴다. 한 편밖에 낭송하지 못한 걸 아쉬워하는 아이들도 있고 더운데 그냥 교실에 있자며 궁시렁거리는 아이들도 있다. 그럼 그렇게 지금 나한테 하고 싶은 말을 쓰라고 한다. 그러면 시가 된다고 말이다. 그랬더니 아이들이 내가 시에 빠졌다며 이런 시를 써 주었다.

선생님은 시에 빠지셨다.
친구가 더워요!라고 했는데
선생님은 그걸 시로 써!

친구들이 뭐라 말하면
그걸로 또 시를 써.
무슨 얘기를 해도
영감받은 걸로 시를 써.

시에 많이 빠진 선생님!
선생님, 이제 시에서 빠져 나오세요.
우리가 너무 힘들어요.

– 한OO, 「시에 빠진 선생님」 전문

선생님,
근데 우리 시는
언제 써요?

2부
시와 노니는 교실

2-1 시 읽기 좋은, 여기[1]

* 뭔가 다르게

시 읽기 좋은, 여기 –교실 뒤에서 시읽기

매 학년마다 국어책에서 시를 읽을 시간이 온다. 교과서 시 읽기는 학년별로 다르지만 대체로 생각과 느낌을 나누는 활동으로 이루어져 있다. 교과서에는 이 활동을 위해 시 몇 편이 실려 있다. 아무리 봐도 성에 차지 않는다. 교실 한쪽에 놓아두었던 시 책장을 꺼낸다. 1층은 어린이시집, 2층은 동시집으로 정리되어 있다고 설명해주고 마음에 드는 제목이 있으면 가져가라고 말한다. 학생 수가 적으면 이런 방법도 좋지만 학생 수가 20명이 넘으면 책 고르다 40분이 다 지나간다. 이럴 땐 교실 공간을 이용하는 방법도 있지만 도서관에 직접 데리고 가서 마음에 드는 시집을 골라 읽는 시간을 주어도 좋다.

학급당 인원이 16명 내외인 경우 이런 적도 있다. 아이들에게 동시집을 고르게 한 다음 읽고 싶은 곳을 고르게 하는 것이다. 당연

1) 올챙이발가락(한국 글쓰기 연구회) 2019년 봄호에 실린 '시가 있는 교실'에서 김구민 선생님의 시 읽기 활동명.

히 교실은 탈락이다. 결국 볕이 좋은 날 우리는 운동장 나무 그늘에 가서 신문지를 겹겹이 깔고 누워서 동시집을 읽었다. 축구를 좋아하는 남자아이들은 축구 골대에 자리를 깔기도 했다. 자세가 엄청 불편해 보이는데도 책상이 아니면 어떤 곳이라도 좋다는 듯이 아랑곳하지 않고 열중한다.

*작가와 만나는 날

동시를 특별하게 만나게 할 수 있는 방법이 더 없을까 고민하던 나는 아이들과 동시 작가가 만나는 날을 잡는다. 가장 바라는 것은 매일 2시간씩 일주일 정도 만나는 시간을 갖는 것이지만 현실적으로 불가능하다. 다행스럽게도 최근 들어 학급 교육과정 운영에 대한 지원이 많아져서 경제적 어려움 없이 활동을 진행할 수 있다. 동시집을 소개하면서 '우리 이 작가님 한번 만나볼까?" 라고 말하면 아이들

이안 작가님과의 만남

반응이 참 재미있다. “이 작가님 살아 있어요?”, “교실에 온다고 요?”, “선생님이 작가님이랑 친해요?” 질문도 가지각색이다. 대체로 아이들에게 물어보면 작가와 만나 본 적이 없다고 하면서 자신들이 작가를 만날 수 있다는 사실에 놀라워한다. 동시를 쓴 작가를 만난다고 생각하면 동시집을 읽을 때부터 작가님께 궁금한 것을 질문으로 만들 때도 마음에 드는 시를 골라 시화로 꾸밀 때도 마음가짐이 달라진다. 책에 사인을 받으면서 행복해 하는 아이들의 얼굴을 보면 준비하면서 힘들었던 마음이 사르르 녹으면서 장난꾸러기들 볼이라도 꼬집어 주고 싶어진다.

동시를 읽는다는 것은 나를 찾는 것이고 타인을 알아가는 것이며 세상을 배우는 시간을 갖게 한다. 이야기가 갖지 못하는 시의 매력을 알게 하려면 천천히 읽으며 마음에 닿을 수 있도록 배려해 주어야 한다. 동시는 동시답게 아이들에게 다가갔으면 좋겠다.

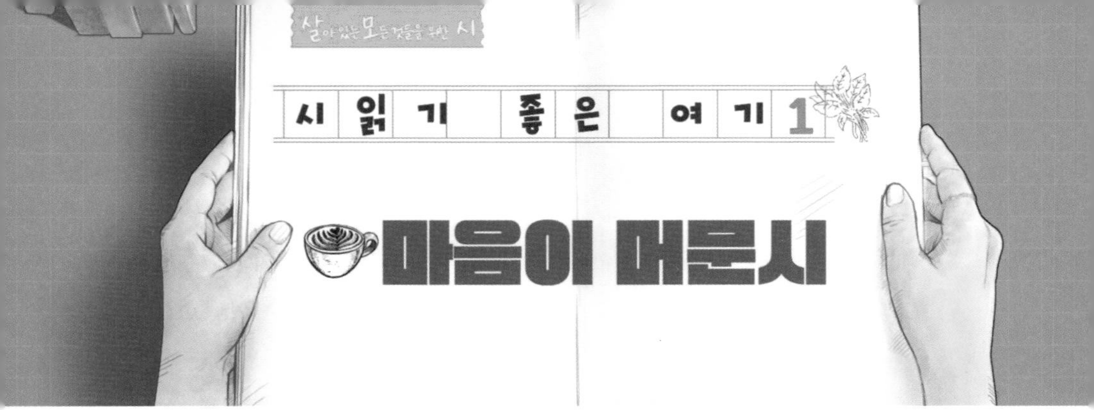

시 읽기 좋은 여기 1

준비해주세요 ▽

- 읽고 싶은 시집
- 플래그잇 5개

시 읽기 좋은 여기 1

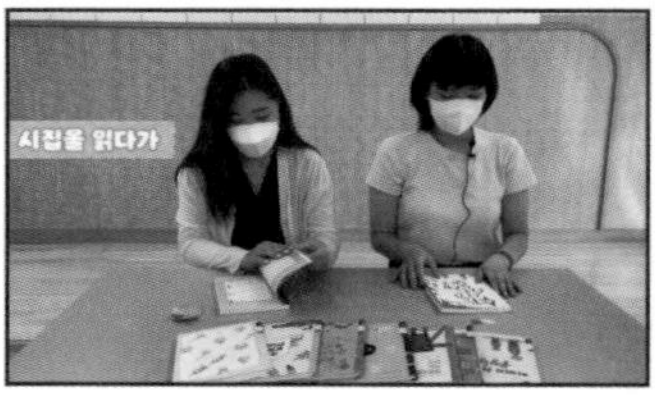

마음이 머문 시

- 시집을 한 권을 골라서 끝까지 읽어요.
- 다시 읽으면서 마음에 드는 시를 5편 골라요.
- 고른 시에는 플래그잇을 붙여주세요.

Tip 고른 5편의 시로 다른 읽기 활동과 쓰기 활동을 연계하여 운영해 보세요.

Rest! 활동 엿보기

♡ #5편만골라야해

5편을 붙였는데 또 좋은 시가 나오면 앞에 붙인 것 중에 한 개를 떼고 붙이면 돼요.

♡ #최고의한편

그 중에 한 편 낭송하고 싶은 시는 다른 색 플래그잇을 붙여주세요.

♡ #시에마음을담다

읽어주고 싶은 대상이나 장소를 정해 마음에 드는 시를 낭송해 보세요.

마음이 머문 시

마음이 머문 시

시 잘 쓰는 방법을 알려줘? 챗-GPT에게 물어보았다

아이들이 시를 잘 쓰기 위해 다음과 같은 방법을 선택할 수 있습니다.

다양한 시 읽기: 소수의 시나 다양한 어린이시집을 읽을 수 있는 시의 다양한 스타일과 주제에 관해서는 가능합니다. 그들은 어린이들을 위해 시의 구조와 언어 사용법을 익힐 수 있습니다.

감정과 경험 표현하기: 시는 감정과 경험을 표현하는 도구로 자주 사용됩니다. 아이들에게 자신의 감정을 표현하고 주변에서 떠오르는 순간들을 기록하도록 격려해 주세요.

시의 구조와 리듬 이해: 시는 특별한 구조와 리듬을 가지고 있습니다. 어린이들에게 조직의 구조를 하지 않고, 시가 읽히는 동안의 이상한 리듬을 느낄 수 있도록 도움을 줄 수 있습니다.

그림과 시의 추출: 어린이들은 그림과 시의 결합하여 자신의 관계를 분리할 수 있습니다. 시에 그림을 추가함으로써 아이디어를 표현하고 이해하기 쉽게 만들 수 있습니다.

피드백 받기: 어린이들이 소중한 시를 가족이나 선생님에게 보여드릴 수 있도록 해주시기 바랍니다. 긍정적인 피드백은 처리를 통해 더 나은 서비스를 받을 수 있도록 좀 더 도움을 드릴 수 있습니다.

자주 쓰도록 유도하기: 시를 습관적으로 길러주기 위해 시를 쓰도록 유도하세요. 다른 사람이 고통받는 시간을 정하고 어린이들이 더 불편할 수 있도록 환경을 제공합니다.

너무 길고 장황하다. 게다가 어떻게 해야 할지 도통 모르겠다. 나라면 많이 읽어보라고, 많이 생각해보라고, 많이 써 보라고 말해줄 거다. 나에게 시 쓰기를 가르쳐주신 홍기 선생님께서 그랬던 것처럼 말이다. 거기에 하나, 내가 가진 생각을 더한다면 오래 살펴보라고 평소와 다른 것을 찾아보라고 말할 텐데. 시를 쓰는 일을 가르치는 것은 챗-GPT가 침범할 수 없는 영역인가보다. 사람 대신 시를 쓰는 일은 할 수 있을지 몰라도 사람 대신 시를 가르치는 일은 할 수 없어 보여 다행이다.

내가 알고 있는 비법이 최고라는 걸 알았으니 이제 시작할 차례다. 내가 가진 동시집, 어린이시집 할 것 없이 칠판부터 온 교실을 빙 둘러 가며 전시한다. 일단 어떤 시집이 있는지 한번 빙 둘러보게 한 다음 자리에 앉게 한다. 그리고 앉은 자리에서 다시 시집을 한번 둘러보면서 마음에 드는 한 권을 고르게 한다. 두 명 이상 선택하면 가위바위보를 하도록 미리 말해두고 시집을 가져오도록 한다. 내가 직접 고른다는 건 뭔가 보이지 않는 힘이 있는가 보다. 이거 읽으라며 줄 때보다 훨씬 진지해지니 말이다. 어느 정도 자리가 정리된다 싶으면 조용한 음악을 틀어주고 나도 자리에 앉아 시를 읽기 시작한다.

처음 시를 읽으면 아이들은 시를 엄청나게 빨리 읽는다. 글이 별로 없고 대체로 한 편이 짧으니 한 장 넘기기가 쉽다. 나는 한 장 넘길 때 애들은 세 장씩 넘기며 내가 언제 다 읽나 눈치만 보고 있다. 그러다가 슬며시 다시 시집을 읽기도 하고 친구랑 속닥속닥 이야기하고 있다. 시집을 다 읽으면 교사가 시키지 않아도 자기들끼리 시를 가지고 이야기를 나눈다. 특히 엄마 잔소리나 시험 때문에 힘든 이야기에 대해서는 서로 할 이야기가 참 많다. 조금씩 소란스러워지기 시작하고 5분 정도 더 기다리면서 적당히 뜸을 들이다가 덜 읽은 시집을 덮어두고 일어난다. 시집 읽으니까 어떠냐고 묻고 싶지만 재미없어질까 봐 꾹 참는다.

플래그잇을 들고 한 사람에 다섯 개씩 책상에 붙여두면서 지나간다. 한 사람씩 다 나누어주고 나서 이번에는 마음에 드는 시 다섯 편을 고르면서 읽어보라고 한다. 그러면 이번에는 읽는 데 시간이 조금 더 걸린다. 그러다 어김없이 누군가 적막을 깨고 "선생님, 다섯 개 다 붙였는데 또 좋은 시가 나왔어요. 어떻게 해요?" 한다. 그럼 무심하게 "그래 그럼 앞에 있는 것 중에 하나 떼어서 붙여요." 한다. "네? 어떻게 하지? 뭘 고르지?" 하는 소리가 들려도 모른 척한다. 그럼 고민에 고민을 거듭해 다섯 편의 시를 고른다. 앞으로 닥칠 미래를 모른 채 말이다. 시를 고를 때 고른 시로 무엇을 할지 미리 말해주면 아이들은 거기에 맞추어 시를 고를 수 있다. 이를테면 시화로 꾸미기를 한다고 하면 긴 동시를 선택하고 바꾸어도 되느냐고 묻기도 한다. 이럴 때를 대비해서 시를 고르기 전에 활동에 대해서는 말하지 않고 읽을 때는 읽는 것에만 집중하도록 하는 편이다.

이렇게 시를 읽으면 아이들은 “좋은 시를 골라야 하니까 시를 읽는 데 시간이 걸린다” “좋은 시를 골라야 하니까 더 집중해서 읽게 된다” “어떤 게 더 좋은 시인지 신경 써야 해서 불편(?)하다” 같은 반응을 보인다. 처음부터 플래그잇을 주고 읽게 하는 방법도 있지만 그러면 이렇게 자연스럽지 못한 상태로 읽게 된다. 어떤 동시집을 읽든 처음 만날 때는 시가 마음에 닿을 수 있도록 편안하게 읽는 시간을 주어야 한다. 아이들이 동시집을 처음 읽을 때는 자유롭

마음이 머문 시를 골라 읽어요

게 읽게 하고 두 번째로 읽을 때 고르면서 읽도록 하면 좀 더 의미 있는 동시 읽기가 가능하다. 이렇게 고른 동시는 낭송회도 할 수 있고, 시선집도 만들 수 있으니 시와 놀기 위해 가장 먼저 해야 할 일이기도 하다.

시낭송회나 시화를 생각하고 동시 읽기를 계획한 경우에는 플래그잇을 나누어 줄 때 다섯 개 중 한 개를 다른 색으로 준다. 다섯 편을 고른 다음 그 다섯 편 중에서 최고의 동시를 한 편 고르도록 한다. 고른 한 편의 동시로 시낭송회를 하거나 시화를 그리는 활동을 하면 좋다. 동시를 고르는 수는 선생님이 구상한 활동 의도에 따라 달리할 수 있지만 너무 적으면 고르면서 힘들어하고 너무 많이 고르면 고르는 재미가 없으니까 고민해서 생각해야 할 일이다.

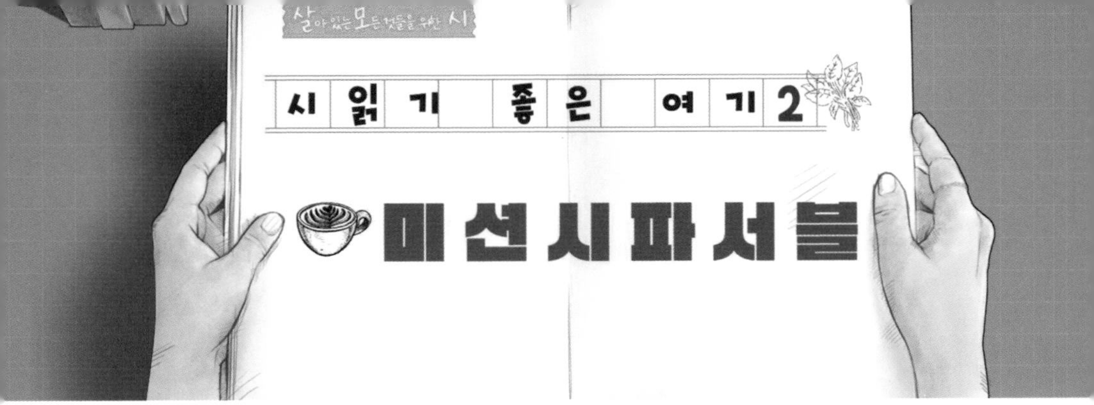

시 읽기 좋은 여기 2

미션시파서블

준비해주세요 ▽

시 읽기 좋은 여기 2

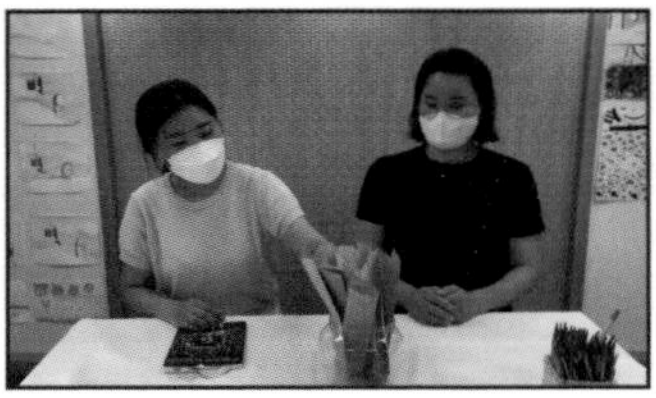

미션시파서블

- 미션 종이를 뽑거나 미션을 받아서 내용을 확인해요
- 미션에 맞는 시를 고르며 시집을 읽어요.
- 미션에 맞는 장소나 대상을 정해 시를 낭송해요.

Tip 임의의 미션 종이를 뽑아서 활동을 하거나 친구나 선생님이 직접 미션을 제시해보세요.

Rest! 활동 엿보기

♡ #미션을 만들자

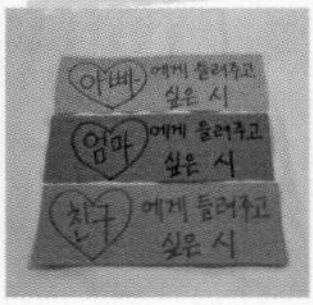

미션지는 이면지를 가로로 4등분하여 이용하고 친구들이 직접 미션을 만들어도 좋아요.

♡ #미션! 파서블

시집을 읽다가 미션 해결을 위한 시가 나오면 포스트잇에 메모를 하거나 플래그잇을 붙여요.

♡ #시에 마음을 담다

미션에 맞게 시를 낭송하고 이유도 함께 말해보세요.

미션시파서블

나는 왜 동시를 읽게 된 것일까? 이 질문을 적어두고 베이글에 크림치즈를 발라 다 먹도록 기억이 나지 않는다. 그러다 문득 깨달았다. 아이들에게 동시를 가르치면서부터였다. 아이들이 좋은 어린이시를 쓰려면 맛보기 글을 읽어줘야 하는데 어떤 글을 읽어주나 고민하다 보니 자연스레 읽게 되었다. 동시를 좋아하는 사람이 아니고서는 이렇게 뭔가 읽어야 할 이유가 있어야 동시를 읽는구나 하는 생각이 들었다. 그래서 아이들이 동시를 읽지 않는구나. 동시를 읽을 기회가 없으니 책에 나오는 동시를 읽어서는 동시를 더 읽고 싶은 마음이 안 생겼을 테지 나처럼.

시와 만나는 두 번째 시간이니 조금은 생각을 해보고 싶다고 느꼈다. 계속 이런 고민을 하고 있던 터라 서점에서 『시, 그게 뭐야?』라는 제목을 보자마자 바로 구매했다. 시, 그게 뭐야? 라니. 세상에 이런 책이 나오다니 딱 나를 위한 것이 아닌가 싶었다. 그림책의 뒤표지에는 '시란 대체 뭘까? 시는 질문이 될 수 있을까? 함께 나눠야 할 비밀일까? 삶을 향해 열리는 문일까?' 라는 질문이 적혀 있다. 옳다. 함께 나눠야 할 질문이다. 다음 시요일 시간에 바로 읽어 주었다. 그림책에 나오는 몇 가지 표현에 관해서는 이야기도 나누어본다. '시는 질문이 될 수 있을까?' 라는 대목에서 아이들을 바라보며 읽어주었더니 "네!"하는 아이, "네?"하는 아이, "아니오"하는 아이, 가만히 나를 바라보는 아이들까지 제각각이다. 이야기 나누고 싶은 아이들이 충분히 말할 수 있게 해주고 다음 이야기로 넘어간다. '시는 탐정도 아니면서 여기저기 살피느라 늘 바쁘고 비밀스러운 작은 흔적도 놓칠세라 졸졸 따라다니지' 에 닿으니 "맞아요. 우리도 탐정 글쓰기 하면서 돋보기 들고 관찰하고 진짜 탐정처럼 해봤잖아요"하며 신나한다. 다른 책과 달리 이 책은 읽으면서 한 장 한 장 오래 머물러 주었다. 마치 시를 쓰는 것처럼. 그러자 신비롭게도 이 책을 읽기 전과 읽은 후에 시에 대해 떠오르는 것이 달라졌다.

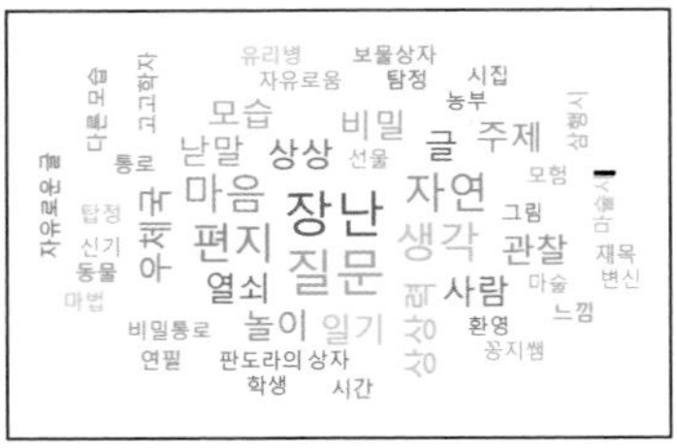

읽기 전 시에 대한 생각 → 읽은 후 시에 대한 생각

마음이 머문 시를 찾으며 시를 읽고 나면 이제 한 단계 더 나아간 읽기를 해 본다. 지난 4월에 《올챙이 발가락》 봄호를 읽으며 마음이 머문 시를 찾았던 아이들은 여름호에 와서 '미션시파서블' 활동을 해보았다. 선생님은 작명도 잘해야 한다. 일단 아이들이 하고 싶은 마음이 들게, 뭘 하는지 궁금하게 이름을 지어 주어야 한다. 시를 읽을 때 어떤 미션을 준다는 것은 읽기에 관심을 갖게 하여 아이들이 마음을 움직이게 하는 요소가 될 수 있다. 당연히 교사가 먼저 시범을 보인다. "오늘 선생님이 너희들한테 이 시를 읽어주고 싶어. 왜 그런지는 아마 들어보면 금방 알 거야"하면서 들려주면 선생님이 읽어 주는 의도까지 알아내느라 더 집중해서 듣는다. 원래 시를 들려준 다음에 바꾸어 쓴 시까지 읽어 준다. 원래 시는 《올챙이 발가락》(2023년 여름호)에 실린 「선생님 제발」이라는 작품으로 양산 평산초 5학년 임채희 어린이의 시이다. 시 속의 화자는 마음대로 자리를 바꾼 선생님에게 똑부러지게 말하는 5학년 어린이다. 5학년이 된 어린이에게 자리를 바꿀 권리를 달라고 말하다가 답답했는지 담임 선생님에게 '아 진짜 선생님!' 이라고 말하며 끝난다. 우리를 애 취급하지 말라고 말하는 당당함에 아이들은 "맞아.", "에이 선생님이 잘못했네." 한다. 원래 있던 시를 읽어줄 때는 내가 왜 이 시를 골랐는지 모르다가 바꾸어 쓴 시를 읽어주면 그제야 왜 이 시를 골랐는지 알겠다는 듯이 고개를 끄덕거린다.

얘들아.

어떻게 맨날 종이 쳐도 자리에 안 앉노

종소리 안 들리나?

내가 폰으로 알람도 울려주잖아?

제발 종치면 바로 수업하자.

그래야 종치면 바로 마치지.

얘들아, 제발.

– 꽁지샘, 「낟알반 제발」 전문

임채희 어린이의 「선생님 제발」을 바꾸어 쓴 시

이제 아이들에게도 시를 읽을 시간을 준다. 시를 읽다가 누군가 떠오르는 사람이 있는 시를 고르라고 말해준다. 제법 진지하기도 하지만 옆에 있는 애한테 이건 우리 엄마한테 꼭 읽어줘야 하는 시라는 둥 "야야, 이거 선생님한테 읽어주자" 면서 소곤소곤 역적 모의도 한다. 선생님이 다 듣고 있는 줄도 모르고 말이다. 그리하여 그날 내가 골라 바꾸어 쓰기까지 했던 「선생님 제발」을 여러 버전으로 들어야 했다. 선생님한테 이 시를 꼭 읽어주고 싶다면서 읽을 때 5학년을 4학년으로 바꾸어서 낭송한 아이도 있고, "아 진짜 선생님!" 에 목에 핏대까지 세운 아이도 있었다.

이제 본격적으로 동시집을 읽어본다. 아이 중에 고민이 있거나 힘든 일이 있어 위로가 필요한 사연을 받아도 좋고 선생님이 가진 고민을 공유해도 좋다. 사연을 듣고 시를 읽다가 사연자에게 읽어주면 위로가 될 만한 시를 고르게 하여 낭송하는 시간을 갖는다. 여유가 되면 시를 낭송한 사람이 직접 친구에게 위로해 주는 말을 간단히 할 수도 있을 것이다. 학기 초 학교폭력예방교육이나 인성교육 주간에 해보면 색다른 활동이 될 수 있어 좋다.

미션시파서블 활동을 하기에 좋은 미션들은 뭐가 있을까?

부모님께 읽어주고 싶은 시를 골라보시오.
➔ 부모님과 아이들의 관계까지 알 기회가 될 수 있다.
형제자매에게 읽어주고 싶은 시를 골라보시오.
➔ 의외로 부모님도 모르는 아이의 스트레스와 만나게 될 수도 있다.
시험 성적이 떨어진 친구에게 읽어주고 싶은 시를 골라보시오.
➔ 본인에게도 위로가 되는 경험이 될 수 있다.
마음이 울적할 때 읽고 싶은 시를 골라보시오.
➔ 자기가 좋아하는 유형의 시가 무엇인지 알게 될 수 있다.

미션시파서블로 한 차시 분량의 수업을 운영한다면 색도화지에 가로 4등분으로 길게 자른 종이를 준비하여 미션을 적은 다음 활동하게 한다. 한 학기 한 권으로 진행한다면 미리 훑어 읽기로 한 번 읽은 후 아이들이 직접 미션을 정해보도록 하는 방법도 있다. 각 모둠에서 나온 미션을 모아 미션지를 만들고 통에 꽂은 후 한 명이 뽑기를 하여 오늘의 미션을 수행하는 것이다. 요즘은 에듀테크를 활용한 수업도 많이 하니까 페들렛을 활용하여 사연을 올리고 사연에 맞는 시를 사진으로 찍어 추천해 주는 방식도 가능할 것이다.

시 읽기 좋은 여기 3

시콘서트

살아있는 모든 것들을 위한 시

시 읽기 좋은 여기 3

준비해주세요 ▽

- 북라이트
- 선정된 시집
- 테이블과 의자

시 읽기 좋은 여기 3

시콘서트

- 콘서트 주제를 정하고 주제에 대해 설명해요.
- 정해진 주제에 맞는 시를 골라가며 시집을 읽어요.
- 자기가 고른 시를 읽고 어떤 의미가 있는지 설명해요.

Tip 사회자가 진행하는 형식으로 해도 되고 모둠별로 주제를 정해 운영할 수도 있어요.

Rest! 활동 엿보기

♡ #시콘서트무대1

학교에 있는 특별한 공간으로 이동해서 수업을 진행해 볼 수 있어요.

♡ #시콘서트무대2

교실의 책상을 정리해서 콘서트 무대를 꾸며 보세요.

♡ #시콘서트'겨울'

콘서주제는 계절, 나, 고민 등 아이들과 함께 의논하거나 수업과 연계하여 정해보세요.

우리가 꾸민 시 콘서트

시콘서트

학교에서 시 읽는 시간을 내기란 참 어려운 일이다. 국어 시간에 시를 다룰 수 있는 시간은 한정되어 있고 아침 시간은 20분 밖에 없는데 그마저도 책 읽는 날, 걷기 하는 날, 놀이하는 날에 내어 주고 나면 일주일에 한 번이다. 그래도 요즘은 창의적 체험활동 시간에 생명존중교육, 학교폭력예방교육, 언어문화개선 주간도 포함되어 있다보니 그 시간을 활용할 수 있다. 작년부터 경상북도에서는 학생생성교육과정 운영으로 연간 15시간을 주고 예산까지 지원해 주고 있다. 이런 시간에 시를 읽고 나누는 시간으로 운영하면 모자란 시간을 보충할 수 있다.

마음이 머문 시에서 고른 시나 미션시파서블 활동을 좀 더 의미 있게 꾸며볼 수 없을까 고민을 했다. 자기 자리에서 일어나서 낭송하거나 친구에게 직접 가서 낭송하는 것보다 좀 더 그럴싸한 활동을 만들고 싶었다. 1학기에 독서 단원 활동으로 낭독극을 하게 되었을 때다. 아이들이 앉은 자리에 조명을 끄고 칠판 쪽만 켰다. 무대 분위기가 나고 그럴싸했다. 아이들이 쓴 대본을 읽을 수 있도록 준비한 북라이트와 독서대는 별것 아니지만 아이들로부터 큰 호응을 얻었다. “선생님 이런 건 또 언제 준비하셨어요?” 하면서 친구들의 낭독극을 집중해서 들어 주던 아이들 모습을 생각하며 시 콘서트 활동을 꾸려보았다.

마음이 머문 시나 미션시파서블 활동으로 고른 시를 시 콘서트 형식으로 낭송하는 것이다. 시집을 펼칠 독서대와 북라이트, 그리고 무선 마이크만 있으면 준비 완료다. 이왕이면 네모난 책상보다 캠핑갈 때 쓰는 휴대용 동그란 테이블이면 더 좋다. 아이들이 시를 고르고 낭송 연습을 하는 동안 나는 콘서트 무대를 꾸민다. 연습이 끝나면 아이들은 무대 앞에 자연스럽게 앉는다. 콘서트를 관람하는 아이들은 무대에서 너무 가까이 앉지 않도록 하고 준비가 되면 잔잔한 음악을 깔고 조명을 끈다. 무대 쪽 조명만 살려 주고 블라인드까지 내려 주면 분위기는 더 좋아진다.

조명과 탁자로 분위기 잡고 시 콘서트

“자, 지금부터 올챙이 발가락 시 콘서트를 시작하겠습니다.”라는 안내 멘트와 함께 손뼉을 치고 활동을 시작한다. 아이들은 저마다 자기가 고른 시를 낭송한다. 목소리가 작은 아이들은 마이크를 사용하고 마이크 사용이 부담스러운 아이들은 그냥 낭송하기도 한다. 낭송을 마칠 때 인터뷰 형식으로 몇 가지 질문을 해주면 조금 더 재미있는 활동이 될 수 있다. 왜 이 시가 감동적이었는지, 이 시를 고른 이유가 있는지, 누구에게 읽어주고 싶은지 등 몇 가지 생각해둔 질문을 하거나 관객들에게 질문할 기회를 주어도 좋다.

마음이 머문 시를 찾는 것은 혼자 시를 읽는 것이다. 내가 시를 읽는 주체가 되어 시를 감상하고 나만의 마음을 담아보는 것이다. 반면 미션시파서블은 이렇게 내가 고른 시를 다른 사람에게도 나눌 기회를 준다. 시를 고른 후 내가 느낀 감동과 마음을 타인의 입장이 되어 해석해보면서 시로 소통하는 기회를 얻게 되는 것이다. 여기에 더해 시 콘서트는 내가 고른 시를 느낌을 살려 낭송하면서 서로를 이해할 기회를 가질 수 있다. 여러 사람 앞에서 시를 낭송하다 보면 그냥 읽기를 할 때보다 신경 써야 할 것이 많다는 것도 알게 되고 시가 마음의 위로가 될 수 있다는 경험을 할 수 있게 된다. 시를 낭송하는 평범한 활동이 아이들이 좋아하고 감동하는 시간이 되기도 한다.

시 콘서트 활동을 할 때는 친구들이 올려 둔 사연에 목소리를 녹음하는 간단한 앱을 활용하여 낭송하기도 했다. 음성녹음 기능이

나 채터픽스, 북크리에이터 등을 활용하면 에듀테크를 활용한 시 콘서트도 가능하다.

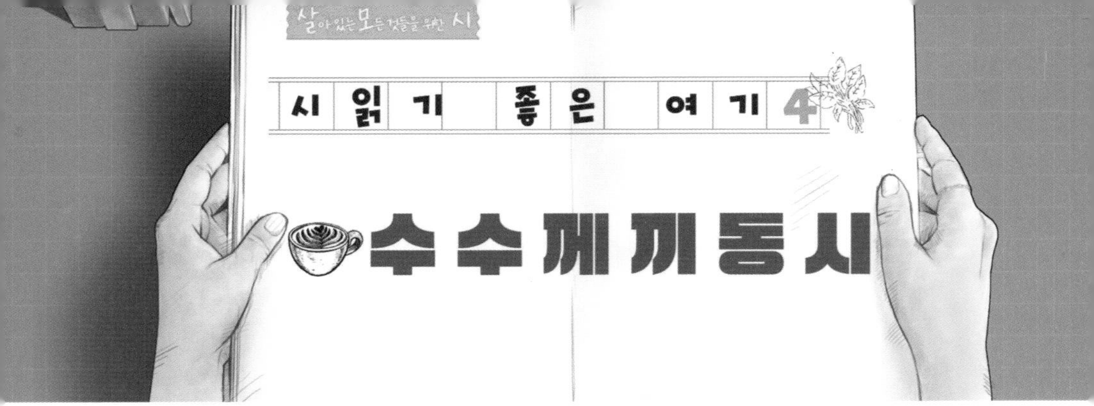

살아있는 모든것들을 위한 시

시 읽기 좋은 여기 4

준비해주세요 ▽

- 시집 여러 권
- 스마트폰
- 엽서

시 읽기 좋은 여기

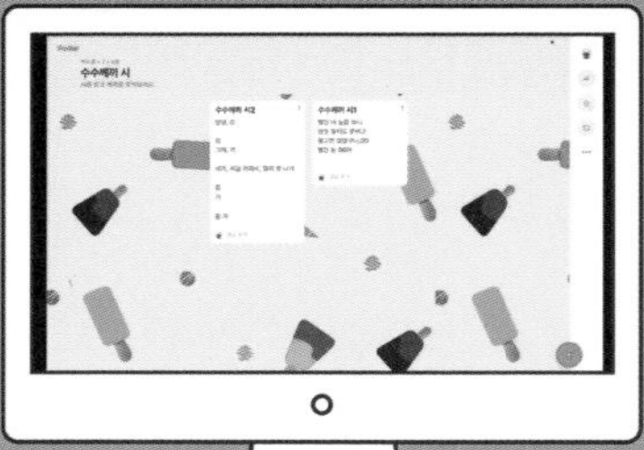

수수께끼동시

- 시집에서 수수께끼로 내고 싶은 시를 골라 주세요.
- 패들렛에 시의 제목이나 정답을 OO으로 하고 시를 따라 써요.
- 다른 친구들의 시를 읽고 정답을 댓글로 달아요.

Tip 시를 고를 때는 '명사'로 된 제목이나 제목 중 '명사'부분을 글자수만큼 ㅇ으로 적어요.

Rest! 활동 엿보기

#수수께끼동시-패들렛

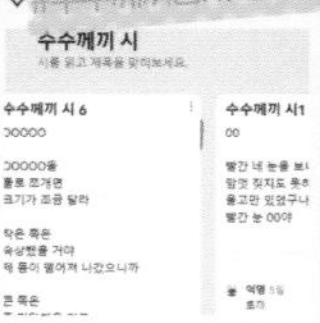

패들렛을 이용해서 시를 쓰고 답글로 정답을 적게해보세요.

#수수께끼동시-엽서

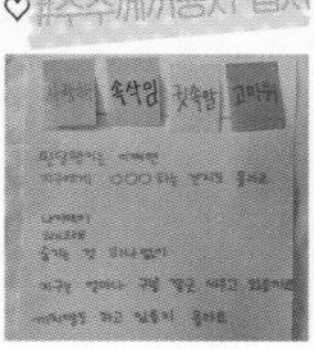

엽서에 따라쓰기를 하고 플래그잇으로 답을 가린 후 활동을 해도 재미있어요.

#수수께끼동시쓰기

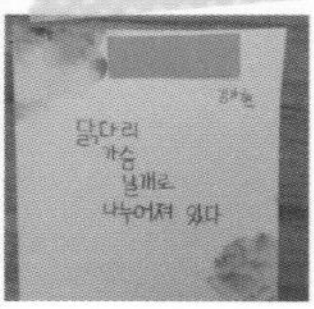

시를 직접 쓰고 쓴 시로 수수께끼 시 활동을 해도 좋아요.

알쏭달쏭 수수께끼 동시

수수께끼동시

내가 사는 곳은 경상북도 칠곡군이지만 생활권은 구미다. 구미에는 내가 생각하기에 가장 멋진 곳이 있으니 바로 '삼일문고' 이다. '삼일문고' 는 지역 책방이지만 많은 작가를 만날 수 있고 다양한 문화 프로그램까지 있어 학부모나 교사 강연을 가면 꼭 소개하는 장소이다. 이곳에 강연을 들으러 갔다가 우연히 만난 최종규 작가는 참 엉뚱하면서도 재미있었다. 그분이 쓴 『우리말 수수께끼 동시』에는 '모든 이야기는 수수께끼' 라는 작은 제목이 달려있다. 작가가 낱말 하나하나를 이야기로 풀어 설명한 수수께끼 동시는 우리말을 사랑하는 작가의 사랑이 담뿍 담겨 있다.

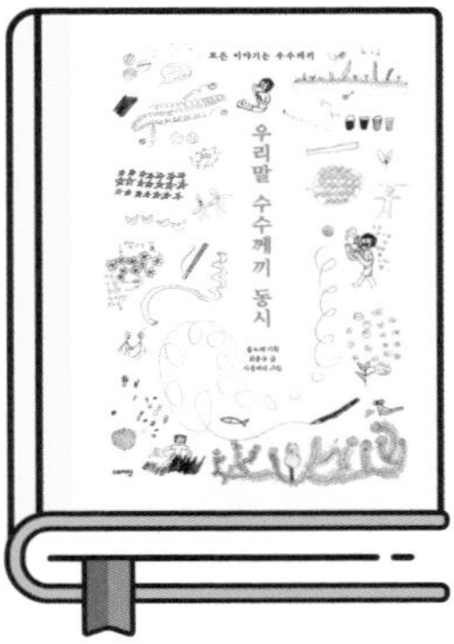

아이들에게 어떻게 하면 시에 쉽게 다가가게 할까 고민하던 중 만난 작가여서 참 좋았다. 시를 수수께끼로 만나보게 하는 방법을 찾아보았다. 식물, 동물, 특정한 사물을 표현한 시를 찾아 표시해두었다가 제목을 말해보기도 하고 중간에 들어갈 말을 맞춰 보기도 하면서 시를 읽었다. 여러 동시집으로 해 보았지만 가장 적합하기는 유강희 작가가 쓴 『손바닥 동시』가 최고다. 최근 『손바닥 동시』에 이어 『달팽이가 느린 이유』까지 나와서 수수께끼 동시가 더 많이 생겨났다. 잠깐 함께 수수께끼를 풀면서 쉬어가 보자.

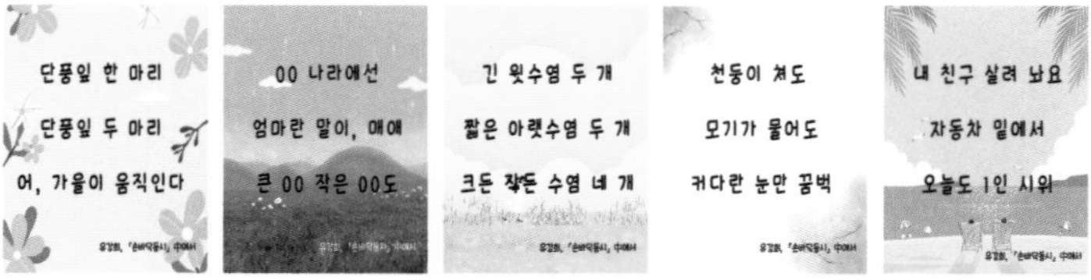

정답은 『손바닥 동시』에

이렇게 읽으면 그냥 읽을 때보다 많은 아이가 답을 찾기 위해 생각하는 시간을 갖게 되어 훨씬 재미있는 시 읽기가 가능하다. 수수께끼 동시 읽기로 활동을 해보면 동물이나 사물과 관련된 시는 적정 난이도여서 좋은데 식물 관련된 시는 무척 어렵다. 사실 선생님들도 풀이나 꽃에 대해 잘 모르니 아이들은 오죽할까? 이때는 에듀테크를 활용하면 좋다. 가장 좋기는 시를 읽기 전에 직접 풀이나 꽃을 관찰해보는 것이다. 하지만 이렇게 활동을 하려면 때도 잘 맞추어야 하고 요즘은 풀이나 꽃이 나는 곳도 찾기가 어려우니 다른 방법을 찾아보아야 한다. 3월이 되어 어느 정도 아이들과 친해지면 학급 플랫폼을 이용하여 과제를 낸다. 한 달짜리 긴 과제인데 가족과 함께 산책이나 여행하다가 발견한 풀이나 꽃의 이름을 알아서 사진으로 남기는 것이다. 모인 사진들은 동기유발 자료로 쓰기에도 좋고 사진에 맞는 시를 쓰기에도 안성맞춤이다. 수수께끼 동시 읽기 활동에서는 이렇게 모은 사진을 시에 표현된 여러 풀이나 꽃의 이름을 맞춰 보는 도움 자료로 제공한다. 아이들은 시를 읽으면서 사진 속 식물을 살펴보고 답을 찾아본다. 전혀 모르던 대상에 대해 표현된 작품을 읽으면 공감을 불러일으킬 수 없다. 이렇게 도움이 되는 자료를 제공하면 아이들은 그림과 시를 맞춰 보느라 더 적극적으로 시를 읽게 된다.

수수께끼 동시는 읽기뿐만 아니라 쓰기도 할 수 있다. 특히 과학을 보면 3학년에는 동물 단원, 4학년에는 식물 단원이 있어 『손바닥 동시』를 함께 읽고 관찰한 내용을 수수께끼 동시로 써보는 활동을 해도 좋다. 이게 바로 과학과 문학이 만난 창의 융합 수업이 아니겠는가. 또 독도의 식물과 동물에 관해 공부한 다음 수수께끼 동시로 표현해보게 해도 재미있다. 몇 년 전부터 경북교육청 사이버 독도학교에 사진 자료도 많이 올려두어서 활동하기에 더 좋아졌다. 독도에 사는 괭이갈매기는 이렇게 생겼고 바다제비는 저렇게 생겼다는 교사가 해야 할 설명은 아이들이 쓴 시에 그대로 담긴다. 시를 쓰는 데 어려움을 느끼는 아이들도 수수께끼는 재밌어한다. 친구들이 수수께끼를 맞히게 하려고 관찰한 내용을 자세히 적다 보면 어느새 시가 한 편 뚝딱하고 생긴다는 것을 경험하게 된다.

수수께끼 동시가 가진 또 하나의 장점은 주제를 일관되게 표현하는 연습을 할 수 있다는 것이다. 수수께끼로 표현하고자 하는 대상을 정하면 그 대상에 대한 정보만 적게 된다. 간혹 시를 쓰다 보면 시를 쓴 당사자도 무엇을 표현했는지 모른다고 말할 때가 있다. 그럴 때는 아이들에게 말해준다. 내가 쓴 대로 독자가 읽어 주는 것은 아니지만 글을 쓰는 사람은 내가 무엇을 전하고자 이 시를 쓰게 되었는지는 알고 있어야 한다고 말이다.

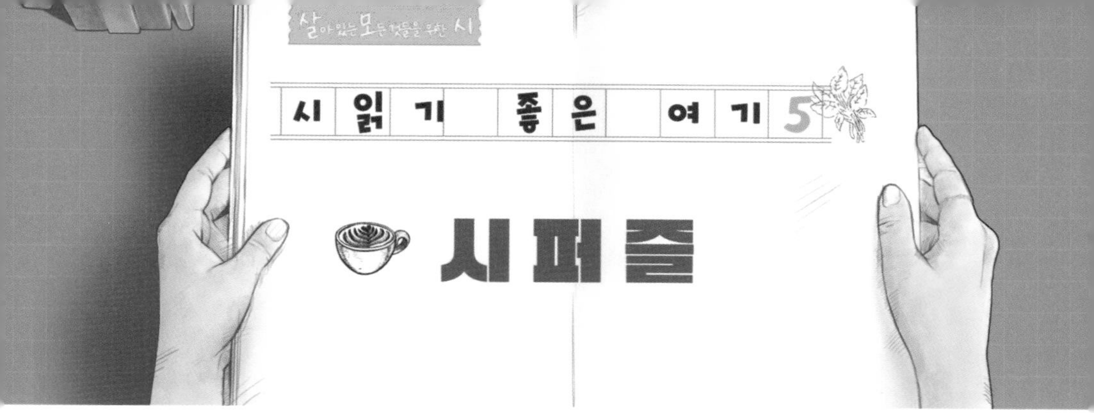

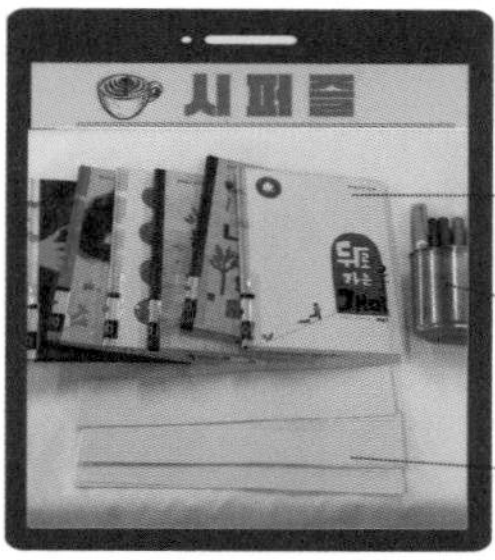

준비해주세요 ▽

- 시집 여러 권
- 네임펜
- 이면지 가로 조각

시 읽기 좋은 여기 5

시퍼즐

- 시집을 읽고 마음에 드는 시를 골라요.
- 가로로 긴 이면지에 시를 행별로 따라 써요.
- 다른 사람이 쓴 시퍼즐을 하나 선택해주세요
- 시퍼즐 조각을 읽고 나만의 시를 완성해보세요.

Tip '마음이 머문 시'활동과 연계하거나 '시조각'활동과 연계해서 운영할 수 있어요.

Rest! 활동 엿보기

♡#시퍼즐 조각 만들기

패들렛을 이용해서 시를 쓰고 답글로 정답을 적게해보세요.

♡#완성된 시1

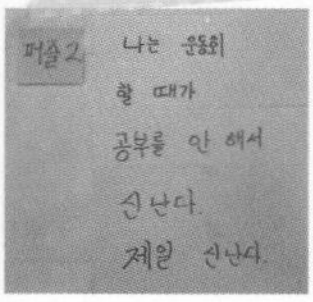

엽서에 따라쓰기를 하고 플래그잇으로 답을 가린 후 활동을 해도 재미있어요.

♡#완성된 시2

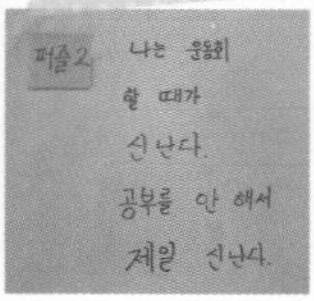

시를 직접 쓰고 쓴 시로 수수께끼 시 활동을 해도 좋아요.

한시N색 시 퍼즐

시퍼즐

시 쓰기에 대한 강의를 하러 가면 가장 많이 듣는 질문 중 하나가 시의 형식을 언제 알려주면 좋은지에 대한 것이다. 시를 쓰면서 글자가 틀리는 것에 대해서는 다듬기 과정에서 자연스럽게 수정할 수 있도록 하면 되는데 시의 형식에 대해서는 언제가 좋을지 말하기가 어렵다. 사실 맛보기 시를 많이 읽다 보면 자연스럽게 아이들이 질문을 하기도 한다. 왜 같은 줄에 안 쓰고 다음 줄에 썼는지, 왜 한 줄을 띄우고 썼는지. 4학년쯤 되면 시가 원래 그러려니 하고 이런 질문도 하지 않지만 연과 행의 의미를 정확히 알고 있는 것은 아니다. 이것도 자연스럽게 알게 하면 좋을 텐데 어떻게 하면 자연스럽게 알게 할 수 있을까 고민해보았다. 낭송할 때 느낌을 살리기 위해 연과 행에 대해 한번 설명해 주면 좋다. 연과 행에서 호흡을 조절하게 할 수 있으니 이때가 좋은 기회이다. 만약 이때 설명할 기회가 없었다면 연과 행에 대해 자연스럽게 알 수 있는 활동을 해보자. 바로 한시N색 시 퍼즐 활동처럼 말이다.

한시N색 시 퍼즐 활동은 시 한 편을 퍼즐로 보고 행별로 적은 시 조각을 조합해서 읽는 활동이다. 이 활동을 하기 위해서는 사전 작업이 필요하다. 시를 행별로 따라 쓴 시 조각을 만드는 것이다. 활동을 위한 시 조각은 선생님이 직접 만들어 제공할 수도 있지만 나는 아이들이 직접 쓰는 방법을 선호한다. A4용지를 가로로 길게 4등분한 종이를 준비한다. 모둠별로 시 퍼즐 활동을 할 시를 한 편 고른 다음 행별로 한 조각에 적는다. 이때 아이들에게 시에 있는 한 줄을 행이라고 부른다고 말해주면 자연스럽다. 이렇게 준비된 시 퍼즐 조각은 섞어서 자기 책상에 그대로 둔다. 아이들은 다른 모둠으로 가서 시를 읽고 조각을 맞추어 시를 완성한다. 모둠별로 같은 시지만 시 퍼즐 활동으로 완성된 시는 여러 편이 되기도 한다. 이렇게 시 퍼즐 활동은 읽는 사람에 따라 시를 다르게 해석할 수 있다는 것을 알 수 있는 의미 있는 활동이 된다.

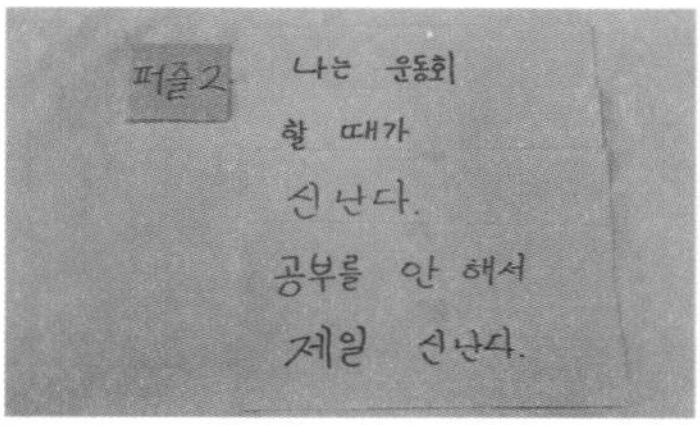

완성된 시퍼즐1

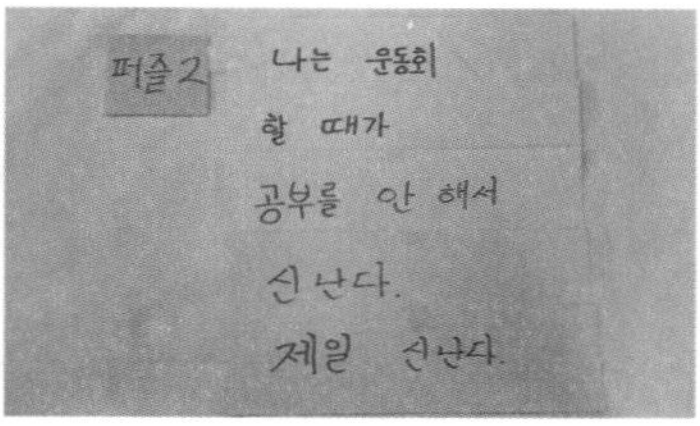

완성된 시퍼즐2

이 활동을 할 때 원래 시를 읽어보는 활동은 중요하지 않다. 원래 시를 읽으면서 작가의 의도를 파악해볼 수도 있지만 그렇게 되면 정답을 맞히는 활동이 되어버릴 수 있다. 이 활동을 하기 전에 아이들과 이 시를 해석하느라 10분을 넘게 논쟁했다.

푸드득
없다

– 윤시영, 『우리가 만든 또 다른 행성』, 「화장실」 전문

다른 모둠에 가서 시퍼즐을 맞춰요

어떤 아이는 '푸드득/ 없다' 로 읽었는데 이것은 화장실에 가서 급한 나머지 일단 큰 볼일을 보았는데 휴지가 없다는 것을 뒤늦게 깨달았다는 것이다. 어쩌면 누면서 휴지를 보고 없다는 것을 알았을지도 모른다고 하자 여기저기서 '우야노' 가 저절로 나왔다. 또 어떤 아이는 '없다/ 푸드득' 으로 읽었는데 화장실에 들어가서 큰 볼일을 보기 위해 아이들이 있나 없나 확인하고 들어가서 편안하게 볼일을 보는 거라고 했

다. '없다/ 푸드득' 으로 읽은 또 다른 아이는 휴지가 없다는 것을 알았지만 어쩔 수 없이 큰 볼일을 보고 있는 상태를 표현한 거라고도 했다. 너무너무 급할 때는 휴지가 없다는 것을 알고도 눌 수밖에 없을 것이라는 거다. 생각만 해도 아찔하다. 이렇게 두 행밖에 안 되는 짧은 시지만 어떻게 배치하느냐에 따라 의미가 달라진다는 것을 알았으니 시 읽기가 얼마나 재미있을까? 이 순간 아이들에게 정답은 중요하지 않다. 작가의 연락처가 있으니 전화해서 금방 물어볼 수 있지만 그러면 이 시가 오래 기억되지 않을 것 같다. 이 논쟁 덕분에 재미있는 시 한 편을 건졌으니 그걸로 족하지 않은가?

2-2 시 쓰기 좋은, 지금

*시와 만난 날

학교에는 가끔 아이들이 돈을 써야 하는 일이 생기기도 한다. 4월이면 장애인협회에서 어버이날을 겨냥해 오는 상품신청서가 그중 하나이다. 아이들에게 이 물건에 담긴 의미를 설명해준다. 아이들에게 돈을 받고 안 가지고 온 사람은 누구인지 묻는 일은 정말 싫지만 좋은 일이라는 의미를 더한다. 꼭 사야 하는 것은 아니지만 이왕 카네이션을 살 거면 부모님 드릴 꽃도 사고 좋은 일도 하자고 말한다(아직까지 이런 이야기를 하면 역차별에 대한 의견이 나오지 않는 걸로 봐서 세상은 살만하다 싶다). 한참 물건 주문을 받고 있는데 **이가 친구와 줄 서서 기다리면서 하는 말이 내게 시가 되어 왔다.

"우리 엄마 아마 놀라서 기절할걸"

"왜"

"내가 그동안 어버이날에 선물한 게 마음밖에 없거든. 근데 이번에 이거 사서 주면 엄마가 깜짝 놀랄 거야"

시가 왔다. 빨리 적어야 한다. 마침 수업 시작 종이 울린다. 아이들이 모두 자리에 앉자마자 그윽한 눈으로 아이들을 바라본다. 쉬는 시간에 선생님이 시를 한 편 썼다고 한다. 그럼 아이들은 '왠 시?' 하는 표정이다. 그 반짝이는 눈을 보다가 방금 적은 시를 들려준다.

이번 어버이날은
그러니까 내가 열한 살이 되는 어버이날에는
아마 우리 엄마가 놀라 기절할 거야.

지금까지 어버이날에 마음만 줬는데
이번 어버이날은 내가
거금 이천 원을 들여
카네이션을 샀거든.

아침에 짠!
우리 엄마 기절하면 어쩌지?

– 박수경, 「열한 살 어버이날」 전문

반쯤 읽으니까 “어 저거 아까 내가 한 말인데…” 한다. 검지를 입에 갖다대고 조용히 들어 달라는 신호를 보낸다. 시낭송이 끝나고 **이를 보며 말해준다. 이 시는 조금 전 쉬는 시간에 **이가 한 말에 선생님의 생각을 조금 얹었다고 말한다. 자신들이 마음속에 시를 품고 있는지 모르는 아이들에게 알려준다. 이렇게 말로만 하면 그냥 사라져버리지만 적어서 다듬으면 시가 된다고 말이다. 몇몇 아이들이 ‘아하’ 하는 눈빛으로 나를 보다가 “뭔가 시가 만만해 보여요”한다. 이제 됐다. 시에 대한 씨앗이 마음 한 곳에 자리 잡았다. 이제 물 주고 햇빛 드는 창에 두고 잘 가꾸어 주면 된다.

*시를 쓸/쓰지 않을 권리

새 학년이 되면 올해는 어떤 모습으로 살까 참 고민이 된다. 2월까지 게으름을 부리다가 이런저런 계획을 짠다. 올해는 전교생이 1,400명이 넘는 학교로 전근하게 되었다. 그동안 아이들과 함께 했던 시동아리 활동뿐만 아니라 어린이 합동시집 출판도 어려운 상황이다. 그래도 글쓰기는 포기할 수 없다. 해가 갈수록 아이들의 문해력이 떨어지고 있으니 글쓰기를 포기해서도 안 된다. 간혹 글을 쓰는 것과 시를 쓰는 데 부정적인 견해와 만나기도 한다. 아이들이 하기 싫은 일을 억지로 시킨다는 것, 교사가 학생들에게 강제로 시키는 일방적인 성과 중심 활동이라는 것이다. 이런 말을 들으면 조금 억울하다. 아이들 마음속에는 시가 가득하다. 누군가에게 들려주고 싶은 이야기도 가득하다. 하지만 교사인 나는 28명이 가진 시와 이야기를 들어줄 여력이 없다. 글쓰기는 교사인 나와 아이들을 연결해주는 작지만 튼튼한 다리가 되어 우리를 만나게 해준다. 아이들의 글 속에는 수업 시간에 힘들었던 일, 친구 때문에 속상한 일, 부모님께 혼난 일까지 가득하다. 이런 이야기를 마음에 담고만 있으면 얼마나 힘들겠는가? 간혹 글로 만난 사연을 이야기하며 오해도 풀면서 우리는 더 끈끈한 사이가 되기도 한다.

그런데 막상 시를 쓰는 일은 쉬운 일이 아니다. 씨앗을 심기만 한다고 잘 자라는 것이 아니듯이 시를 쓰는 것도 "쓰세요"한다고 쓸 수 있는 것이 아니다. 마음을 잘 가꾸어 주어야 한다. 3월 한 달 동안 시간 날 때마다 시를 들려준다. 가끔은 "또 시예요?"라는 말도 듣는다. 그래도 계속 찾아서 들려준다. 그러다 시를 쓰고 싶은 씨앗을 심은 다음 날, 『시 수업을 시작합니다』 머리글에 소개된 「시가 어렵다고 찡찡대는 이태영에게」를 맛보기 시로 보여주었다. 이 시는 제목부터 아이들의 관심을 끌었다. 아이들이 제일 좋아하는 체육 선생님 이름이 '이태영' 이라 난리가 났다. "체육 선생님이 언제 시를 썼지?"에서 시작된 말장난은 "야, 설마 체육 선생님이겠냐?" "아니 이름이 같잖아"에 이르러 결국 나를 찾아왔다. 나중에 체육 선생님 오면 물어보자면서 더 궁금하게 만들어 버린다. 우여곡절 끝에 맛보기 시를 쓴다. 먼저 쓴 아이가 있으면 낭독도 해본다. 뭔가 좀 엄청 쉽다는 느낌이 안 든다고 말하면 다음에 읽는 아이는 '벌떡' 을 빨리 읽으면서 일어나고, '끝' 에 힘을 주어 읽는다. '그게 뭐 어렵나' 하면서 턱을 치켜들기도 한다. 아주 딱 맞다. 결국 처음 읽을 때 느낌을 살리지 못했다는 평가를 들은 아이는 재도전으로 박수를 받았다.

시 쓰기는 아주 껌이다.
마음에 있는 생각을 종이에 쓱쓱쓱 써서
벌떡 일어나 쌤한테 탁 갖다 내면 끝.
그게 뭐 어렵나.
봐봐, 난 벌써 시 다 썼지. 너도 이렇게 해 봐.

– 삼척서부초 2학년 최승목, 「시가 어렵다고 찡찡대는 이태영에게」 전문

– 한국글쓰기교육연구회, 『시 수업을 시작합니다』, 머리말 중에서

"승민이는 좋겠다. 시 쓰기가 이렇게 쉽다니 그치?"하고 말을 걸어본다. 이럴 때 이런 것도 시라고 할 수 있느냐고 말하는 아이들은 없다. 이 시를 읽으니까 쉬운 것도 같은데 아직은 잘 모르겠단다. 이제 조금 진지하게 또 한 편의 시를 들려준다. 시를 쓰는 작가들도 시를 쓰는 일이 쉬운 일이 아닌가 보다. 송선미 시인도 「어떤 말들이 노래가 되나」라는 시를 쓴 걸 보면 시를 쓰면서 우리는 생각하고 또 생각해야 하는 게 당연한 것 아닐까? 시를 쓰느라고 끙끙대다 보면 이 시가 저절로 떠오른다. '줄지어 고개 숙인 해바라기', '거품을 감고 얌전히 누웠는 비누', '별', '물', '닭이 낳은 따끈한 알', '구겨진 수건', '변기 물' 을 노래하면 안 되나 물으면서 '어떤 말들이 노래가 되나' 고민하는 모습이 시를 쓰려고 공책과 마주한 내 모습과 너무 닮아있기 때문이다.

시를 쓰지 못하는 게 힘들 때가 온다. 선생님, 우리 시 쓰면 안 돼요? 할 때는 해마다, 만나는 아이들의 나이에 따라 다르다. 2023년 열한 살 아이들은 5월이 되어서 시작했다. 아마 더 일찍 시작해도 쓰기는 했을 것이다. 그런데 "너네 시 쓰는 거 힘들잖아" "글 쓰는 거 힘들지?" 계속 말하면서 미뤘다. 좋은 글을 읽어보는 시간이 필요해서 그런 것도 있다. 좋은 글을 쓰려면 좋은 글을 많이 읽어보아야 하니까. 하지만 더 중요한 이유가 있다. 처음

부터 시를 쓰게 하면 시에 대한 거부감이 생길 수 있다. 그런데 재미있는 것이 안 써도 된다고 시 쓰기를 질질 끌면 아이들은 더 쓰고 싶어 한다는 거다. 이러는 동안 아이들에게 쓰지 않을 권리, 쓰고 싶은 것을 쓸 권리를 가질 시간을 주자. 시를 쓰는 것은 마음이 움직여야 비로소 가능한 일이니.

시 쓰기 좋은 지금 1

따라쓰기 시!

살아 있는 모든 것들을 위한 시

시 쓰기 좋은 지금 2

따라쓰기시

준비해주세요 ▽

- 시집 여러 권
- 네임펜+색연필
- 스크랩북

시 쓰기 좋은 지금 2

따라쓰기시

- 시집을 읽고 마음에 드는 시 5편을 골라주세요.
- 고른 시를 스크랩북에 따라 쓰고 꾸며 주세요.
- 앞표지와 뒷표지를 꾸며서 완성해주세요.

Tip
- '마음이 머문 시'에서 고른 시를 활용해도 좋아요.
- 도화지나 이면지에 쓰고 책으로 엮는 방법도 있어요.

Rest! **활동 엿보기**

♡ #완성된 시선집

완성된 스크랩북은 미니이젤에 전시하거나 책꽂이에 꽂아두면 또 하나의 책이 돼요.

♡ #도화지를 모아서

뒷면을 이어서 붙이면 돌려서 읽을 수 있는 책이 완성!

♡ #이면지에 써서

이면지에 써서 붙이거나 전통책으로 묶는 방법도 있어요.

따라 쓰기 시

따라쓰기 시

교직 생활 14년 차에 전교생이 12명이고 교사가 2명인 분교에 근무하게 되었다. 지금은 폐교가 된 북삼초등학교 오평분교는 출근길부터 행복하지 않을 수 없었다. 3Km 정도 4차선 도로를 지나 기찻길 아래로 연결된 중앙선도 없는 시골길로 들어선다. 안개 낀 날에는 신비로운 세계로 들어서는 느낌이 든다. 해가 쨍한 날에는 세상 모든 것들이 나를 향해 응원하는 느낌을 받기도 한다. 이 길은 모든 것이 싱그러운 봄, 뜨거운 햇살에 축축 늘어지는 여름, 힘든 시간 견디고 차곡차곡 익은 열매를 내어 주는 가을, 차가운 바람 속에서 서로를 껴안고 포근히 쉬어가는 겨울을 고스란히 보여 주었다.

만약 내가 학생으로 등교하는 길이었다면 나는 버들가지 꺾어서 풀피리를 불다가 헐레벌떡 교실로 들어섰을 것이다. 학교 가는 길에 오디나무를 발견하고는 오디를 따먹다 입이 시커메져서 하루 종일 손을 씻었을 테지. 집으로 돌아오는 길에 소나기를 만나면 연잎 하나 따서 머리에 쓰고 원두막에 있는 동네 아지매(아줌마)를 만나 참외도 얻어먹었을 거다. 그런데 지금 그 일을 떠올려

보면 어렴풋이 그려지지만 그때 내 마음이 어땠는지 어떤 일이 있었는지 잘 떠오르지 않는다. 간혹 언니와 오빠의 이야기를 들으면서 그런 일도 있었지 하는 게 다다. 이럴 때 내 어린 시절을 써 둔 것이 있었다면 얼마나 좋았을까 생각해보기도 했다.

처음 아이들과 시를 쓰기 시작한 해는 분교에 근무하게 된 2014년이다. 그 해부터 3년 동안은 내 교사 생활 중 가장 행복한 시간이었다. 앞에서도 말했지만 분교에는 교사가 두 명이었다. 한 명은 나였고 한 명은 동화작가이면서 교사였던 홍기 선생님이었다. 홍기 선생님을 처음 만난 것은 약목초등학교에서 독서교육을 맡고 있을 때다. 나는 지인의 소개로 홍기 선생님을 학부모 책 읽어주기 연수 강사로 모셨다. 강의에는 선생님이 가르치고 있는 학생들도 함께 왔는데 강의 중간에 수준급 오카리나 연주를 들려주었다. 그때는 내가 2년 후에 그 아이들의 담임이 될 줄은 꿈에도 몰랐으니 인연이란 참으로 묘하다.

2년 후 나는 분교에 근무하게 되었고 홍기 선생님은 아이들에게 시를 가르치고 계셨다. 그해 가을까지 아이들의 시를 엮어 책으로 내는 작업을 하나하나 알려 주셨다. 그러면서 내 인생을 바꿔 놓은 한마디를 하셨다. "내가 같이 근무한 선생님들한테 이렇게 가르쳐 주었는데 나 떠나고 나면 안 하더라고 근데 박 선생은 할 것 같애" 그 말로 충분했다. 나는 인정을 받았고 뭔지 모를 사명감에 뜨거워졌다. 다음 해 홍기 선생님이 다른 학교로 떠난 후, 아이들에게 시를 쓸 시간을 주었고 이미 홍기 선생님께 잘 배운

분교의 아이들은 그냥 쓰라고만 해도 참 잘 썼다. 나는 그저 봄이면 냉이 캐기 대회를 열어주고 고구마와 옥수수를 심었다. 아이들이 아침에 등교하면 운동장에 가서 나뭇가지를 모아오게 했다. 그걸로 불을 피워 고구마를 구워 주고 옥수수를 삶아 준 게 다다. 하지만 전교생이 1,400명이나 되고 한 반에 28명이나 있는 교실에서는 이런 일이 불가능하다. 오늘은 화요일! 우리 반이 정한 시요일이다. 봄이 가득한 《올챙이 발가락》을 읽었고 마음에 드는 시도 골라 보았다. 지금은 읽기만 하고 있으니 쓰기도 따라 쓰기만 한다. 아이들에게는 '맛보기시' 라고 하며 들려 준다. '맛보기시' 는 동시를 쓰기 전에 동시 공부를 하려고 읽어보는 것인데 어린이시나 동시를 다양하게 활용할 수 있다.

우리 반에는 글쓰기장이 있다. 시를 쓰기 싫어하거나 시를 쓸 준비가 안 된 아이들을 위해 이것은 시쓰기장이 아니라 글쓰기장이라고 일러준다. 글쓰기장은 매년 알림장을 사서 반으로 잘라 활용한다. 알림장을 반으로 자르면 글을 쓸 때 많이 써야 한다는 부담을 줄일 수 있어서 좋다. 아이들은 작은 공책을 받으니 "끝까지 다 써야 해요?"하고 묻지 않는다. 어느 시점이 되면 "다음 장까지 써도 돼요?"하고 묻는다. 그러면서 꼭 다음 장으로 넘어가면 '뒷장에 이어서' 라고 써 둔다. '뒷장에 이어서' 라고 쓴 글에는 많이 썼으니 칭찬해 달라는 소리가 들리는 듯하다.

글쓰기장에는 꼭 이름도 달아준다. 글쓰기 활동을 실천하는 선배 교사는 글쓰기 활동에 '글똥누기' 라는 이름을 붙여주었다. 물어보지는 않았지만 아마 글을 쓰면서 똥을 눈 것처럼 시원함을 경험하게 해주려는 것이 아닐까? 아이들에게 글쓰기 공책 이름으로 '글똥누기'를 소개해주고 우리는 어떤 이름으로 할지 정해 보자고 한다. 어느 해에는 글 쓰고 나면 하고 싶은 말 다 하니까 시원해서 '글사이다'였고 작년에는 '구름글' 올해는 낟알들의 이야기가 담겨 있으니까 '낟알바구니'로 하자는 의견이 선정되었다. 이제 공책까지 준비되었으니 한 편 한 편 시를 담아본다.

2022년 몽글몽글한 글이 모인 글쓰기장

첫날에는 2학년 동생이 쓴 어린이시 따라 쓰기
둘째 날에는 4학년 친구들이 쓴 어린이시 따라 쓰기
셋째 날에는 6학년 선배들이 쓴 어린이시 따라 쓰기
넷째 날에는 어른들이 쓴 동시 따라 쓰기
다섯째 날에는 내 마음에 든 동시 따라 쓰기

맛보기시 따라 쓰기를 할 때는 신경을 써야 할 일이 있다. 동시는 짧은 글이지만 연과 행을 구분하면서 동시 작가가 만든 세상이 담겨 있다. 때로는 연행 구분 없이 산문처럼 이어쓰기도 한다. 동시 작가들은 동시를 쓰면서 온점도 그냥 찍지 않는다. 어떤 동시에는 온점이 있고, 어떤 동시에는 있는 곳도 있고 없는 곳도 있으며, 아예 없는 동시도 있다. 위에서 아래로 읽으면 안 되고 아래에서 위로 읽어야 하는 동시도 있고, 노래하듯이 읽어야 하는 동시도 있다. 따라 쓰기는 단순히 글자를 적는 것이 아니다. 이렇게 동시를 쓴 사람이 어떤 마음으로 이렇게 썼을지 함께 걸으면서 써야 한다. 그러다 보면 시인의 마음이 내게 와 닿아 읽을 때마다, 쓸 때마다 다른 감동을 받는다.

시 쓰기 좋은 지금 2

사진을 담은 시

살아있는 모든 것들을 위한 시

시 쓰기 좋은 지금 1

준비해주세요 ▽

시 쓰기 좋은 지금 1

사진을 담은 시

- 시로 쓰고 싶은 사진을 고르거나 직접 찍어요.
- 사진을 보고 떠오르는 이야기를 친구들과 나눠요
- 사진에 어울리는 나만의 시를 써 보세요

Tip 글그램앱을 이용하여 사진 위에 바로 시를 쓰는 활동으로 진행해도 좋아요.

Rest! 활동 엿보기

♡ #글그램앱으로1

자기가 직접 찍은 사진에 어울리는 내용으로 시를 써요

♡ #글그램앱으로2

봄, 여름, 가을, 겨울을 느껴보고 시로 쓰는 활동을 할 수 있어요

♡ #글그램앱으로3

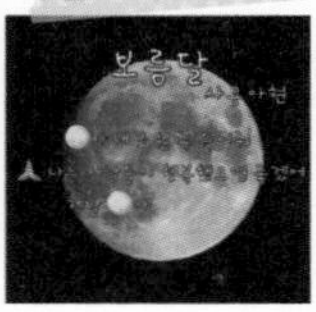

쓴 시를 출력해서 전시회를 열어도 의미있는 활동이 돼요.

사진을 담은 시

어릴 때 나를 생각하면서 쓴 동시가 있다. 이유는 모르겠지만 난 정말 이랬다.

우리 엄마는
어릴 때 학교 가는 게
그렇게 좋았대. 진짜래.

집에 오는 길에 벌써
내일 학교 갈 생각에 설레고
학교 가면 시간이 얼마나 잘 가는지
시간이 멈췄으면 했대.

그래서 우리 엄마 어떻게 됐냐고?

할머니 되어도 학교 다닐 수 있는
선생님이 되었지.

그렇게 별나게 굴어도

별로 큰일은 안 생기더라고.

– 박수경, 「뻔한 이야기」 전문

눈치챘겠지만 시 속의 화자인 '엄마'가 바로 나다. 어릴 때는 그랬다. 학교 가는 게 좋았다. 아마도 일을 안 해도 되니까 그렇기도 했겠지만 집에 오면서도 내일이 빨리 왔으면 좋겠다고 생각하면서 집으로 왔다. 이 행복한 학교 생활 중에 내가 유독 싫어한 시간이 있으니 바로 미술 시간이다. 초등학교를 돌아보면 남자애들한테도 뒤지지 않을 정도로 힘도 세고 달리기도 빨라 체육 시간에는 날아다녔지만 그리기는 영 재주가 없어서 미술 시간에는 입도 뻥긋 안 했다. 그래서일까 그림을 못 그려서 주눅 드는 아이들을 보면 나를 보는 듯 안쓰럽다. 반대로 그림을 잘 그리는 아이들을 보면 어릴 때 내가 그랬던 것처럼 엄청 대단하게 보이기도 한다. 시를 쓰고 책으로 엮을 때 시에 어울리는 그림을 그려야 하는 시간이 온다. 책으로 엮으려면 어쩔 수 없다.

사실 나는 시를 쓰는 일보다 그림을 그리는 일이 더 힘들다. 그림을 그릴 때는 한꺼번에 스캔을 뜰 수 있는 두께의 종이를 준비해야 한다. 일반 A4 용지는 너무 얇아서 네임펜으로 테두리를 그리면 책상에 색이 묻어난다. 반면에 너무 두꺼우면 스캔을 한꺼번에 뜰 수 없고 낱장 하나하나씩 떠야 한다. 물론 시간적인 여유가 있고 금전적으로 부족함이 없다면 출판사로 바로 보내기도 하지만 아직 그럴 여유를 누려본 적이 없는 것 같다.

시에 어울리는 그림을 그리는 종이로는 120g~160g 정도의 A4 용지나 도화지보다는 얇은 스크랩북을 이용하면 좋다. 제일 위에 시 제목과 자기 이름을 쓰고 아랫부분에 연필로 어울리는 그림을 그린다. 그림을 그릴 때는 다시 지워야 하므로 연하게 테두리만 그리도록 하여 지웠을 때 자국이 남지 않도록 해야 함을 꼭 알려 주어야 한다. 대략적인 그림이 완성되면 테두리를 진한 색 네임펜으로 따라 그린다. 이 테두리 선이 있어야 책으로 만들었을 때 좀 더 선명하게 나오므로 반드시 해야 한다고 일러 준다. 테두리를 따라 그린 후에는 연필선을 깨끗하게 지우고 색연필을 이용해 색칠하도록 한다. 색칠할 때는 연필처럼 된 색연필을 이용한다. 돌리거나 종이로 된 부분을 풀어가면서 쓰는 색연필은 색칠 과정에서 덩어리지기도 하고 색이 예쁘게 칠해지지 않는다. 색연필로 칠할 때는 칠하는 방향을 일정하게 하여 인쇄되었을 때 지저분하지 않게 되도록 주의해야 한다고 말해 주어야 한다. 그림을 그리는 작업은 시를 쓰는 것과 달라서 혹시 책을 엮는 과정에서 그림 그리는 것이 어려운 아이들이 있으면 친구들이 대신 그려주거나 부모님께 부탁해도 좋다. 대신 친구들이 그려줄 경우에는 반드시 책 하단에 그림 그린 사람을 밝혀준다. 이것은 사소한 일이지만 그림을 도와준 친구들에게는 엄청난 일이다. 내가 그린 그림이라는 자부심이니.

그림을 그리는 작업에 대한 설명 문단이 이렇게 길다는 것은 시를 쓰는 것만큼 그림 그리는 작업도 만만치 않다는 것을 의미한다. 매년 고학년을 하다가 3학년 담임을 하게 되었을 때 이 일이 보통 일은 아니구나 생각하게 되었다. 시를 읽고 시에 어울리는 그림을 그려보는 수업을 하는데 그 해 따라 그림 수준이 거의 나어릴 때 같은 아이들이 너무 많았다. 이 일을 어찌할꼬 고민하다가 사진에서 답을 찾았다. 아이들에게 시를 쓰면서 시와 관련된 일을 사진으로 남겨두게 했다. 이미 지나가 버려서 사진이 없으면 가족과 함께 그날의 상황을 재현해서 찍게도 하고 시에 어울리는 마음을 표현하기도 했다. 대상을 나타낸 시일 때는 직접 대상을 준비해서 사진을 찍게 했다. 이렇게 찍은 사진을 애플리케이션으로 수채화 느낌이 나게 수정하여 삽화로 실었던 적이 있다.

그즈음 이 책을 만났다. 『사진아 시가 되라』라는 책인데 매일 시 한 편으로 아침을 연다는 주상태 선생님이 중학생들과 함께한 시 수업 이야기가 담겨 있다. 시험이 끝난 중학생들과 사진으로 시작한 시 창작 수업 이야기를 시작으로 행사 사진으로 시 쓰기, 배경 사진으로 시 쓰기, 서사 사진으로 시 쓰기를 한 사례가 잘 소개되어 있다. 선생님이 쓴 글 마지막 문단에 밝힌 것처럼 '사진을 통한 시 쓰기 수업은 여러 가지 방법 중에서 시 창작의 계기를 만들어주는 가장 효과적인 방법' 인지에 대해서는 100% 맞다고 할 수는 없으나 '사진을 통한 시 쓰기 수업은 여러 가지 방법 중에서 시 창작의 계기를 만들어주는 방법' 임에는 틀림없는 사실이라 생각한다. 시를 쓰면서 우리가 가장 중요하게 생각하는 것은 시가 특별한 능력이 있는 사람이 쓰는 것이 아니라 누구나 쓸 수 있는 것이라고 느끼는 것이다. 그렇다면 사진을 찍거나 찍힌 사진을 보고 시로 표현하는 활동은 특별하지 않은 우리의 삶이 문학 작품이 된다는 것을 경험하게 해준다. 이런 경험을 통해 우리는 나도 시를 쓸 수 있구나, 시를 꼭 쓰지 않고 읽기만 해도 위로를 받을 수 있구나 느낄 수 있게 되지 않을까 싶다.

시를 쓰는 방법은 참 많다. 우리가 찾아보지 않았거나 시도하지 않아서 모를 뿐이다. 사진으로 시를 쓰는 수업은 아이들이 장면을 그리듯이 쓰는 연습을 할 수 있어서 좋다. 시를 쓰다가 옆길로 새지 않게 해주어서 좋다. 무엇보다 "어, 이렇게 써도 시가 되네" 하는 경험을 하게 해주니 좋다.

주상태 선생님처럼 시에 대한 긴 설명은 생략하고 아이들에게 사진을 나눠 주었다. 임의로 받은 사진을 들고 다니며 그날의 추억을 떠올리면서 이야기를 나누고 웃고 떠드는 시간을 준다. 시를 쓰는 사람이 직접 찍은 사진이면 이야기 나누는 시간도 없이 바로 써 보아도 좋지만 다른 사람이 찍어 준 사진의 경우 이렇게 함께 이야기할 시간을 주어야 시가 더 풍성해진다. 시 쓰기 지도를 하면서 느낀 것이지만 '이걸 써야지' 하는 마음이 생기면 아이들은 시를 쓴다는 것이다. 중요한 것은 그 마음이 들게 만드는 것인데 이렇게 사진을 가지고 이야기하는 시간 동안 아이들은 시 쓸 거리를 수집하게 된다.

글그램을 이용해 사진에 시를 썼어요

5월은 행복한 달이다. 바로 어린이날이 있기에. 어린이날을 맞아 학교에서는 아이들을 위한 프로그램을 진행한다. 올해는 전교생이 모두 버스를 타고 지역에 있는 체육공원에서 하루 종일 운동을 하고 놀았다. 이날 교사들은 정말 힘들다. 야외에 나가면 더 산만해지는 아이들 덕에 줄 서라고 소리 지르고 뛰지 말라고 화도 냈다가 심지어 내일은 하루 종일 시험을 칠 거라는 협박까지 한다. 그러면 뭐 하나? 결국 같이 웃고 있는데. 아이들이 노는 모습은 언제봐도 웃음이 나니 그깟 줄 쯤이야 좀 삐뚤삐뚤하면 어떻고 펄떡펄떡 뛰면 좀 어떤가? 행사 중간중간 찍은 사진으로 시를 써 볼 수 있다. 현장 체험학습을 다녀와서 찍은 사진으로도,

가을이 오는 곳을 찾아 이곳저곳에서 본인들이 직접 찍은 사진으로도 시를 써 볼 수도 있다. '사진을 담은 시' 활동은 이렇게 그림을 그리는 시간까지 줄여 주니 나름의 장점이 있는 활동이다.

시 쓰기 좋은 지금 4

준비해주세요 ▽

- 이면지 가로 조각
- 스마트폰
- 네임펜

시 쓰기 좋은 지금 4

릴레이시

- 시 주제를 정하고 첫 행을 써요.
- 앞 행에 어울리게 시를 이어서 쓰세요.
- 주제와 맞는지 살펴보고 다듬은 후 제목을 달아요

Tip 각자 한 행씩을 맡아 완성해야해요. 순서없이 떠오른 사람이 먼저 적어도 돼요.

Rest! 활동 엿보기

#릴레이시-패들렛

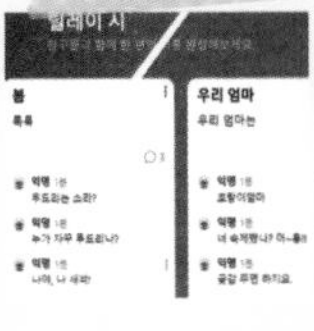

패들렛으로 문학과 연계한 디지털학습까지 가능해요

#릴레이시-둘이서

교실에서 친구들과 또는 모둠별로 활동해도 재미있어요.

#릴레이시 작품

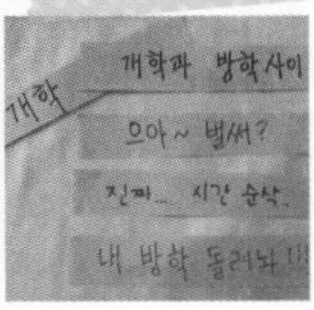

시가 완성되면 시에 어울리는 제목을 함께 정해요.

너랑 나랑 릴레이 시

릴레이시

나는 7남매 중에 막내이다. 학교에 가서 친구들과 쌓은 추억도 많지만 가족과 함께 하면서 보낸 어린 시절 추억도 만만치 않게 많다. 초등학교를 졸업할 때까지 나는 시골에서 자랐다. 언니와 오빠들이 성장해서 도시로 나가고도 동네 아이들과 어울려 다니면서 놀았던 어린 시절 내 이야기는 풍성하다. 도시에 산 친구들은 초등학교 때 게임방에서 동전을 넣고 보글보글이나 테트리스 같은 게임을 하거나 만화방에 갔다고 한다. 하지만 우리 동네에는 그런 것들이 없었다. 그런 것은 버스를 타고 한 시간 거리 읍내에 가야 있었으니까 우리는 오로지 친구랑 놀았다. 추운 겨울에는 앞집 언니네 작은방, 우리집 건넌방이 아지트였다. 밖에 나가지 못하면 방에서 윷놀이를 했고, 햇볕이 따뜻해지면 마루에서 공기놀이를 했다. 해가 길어지면 동네 큰길에 모여서 그날 흙바닥에 그림 그리는 게 놀잇거리였다.

그러고 보면 요즘 아이들은 참 불쌍하다. 오로지 목 빠지게 휴대전화 속을 돌아다니거나 공기 안 좋은 PC방에서 시간을 보내니 말이다. 집에서도 함께 놀 형제자매가 없고 대부분 방과 후에는 어딘가로 가서 끊임없이 배운다. 그나마 가족과 함께 여행이라도 가는 집 아이들은 덜하지만 대부분의 아이는 친구들이나 가족과 함께 할 시간이 정말 적다. 어릴 때는 몰랐지만 형제가 많은 집에서 자란다는 것은 많은 이점을 가지고 있다. 양보심을 저절로 배우게 되고 부모님이 없을 때도 누군가 함께 있다는 것에 큰 위로가 되기도 한다. 무엇보다 힘든 일이 있을 때 제일 좋다. 어린 시절 나는 다른 아이들보다 체격이 큰 편이었다. 물론 동생도 작지는 않았지만 막내다 보니 친구들에게 매일 맞고 다녔다. 그렇게 울고 들어온 날이면 언니들이 나에게 했던 것처럼 동생을 울린 아이를 찾아갔다. 그냥 특별히 한 것은 없다. 양손을 허리에 얹고 그저 째려보기만 해도 한동안 동생은 편하게 지낼 수 있었다. 누군가 내 편이 있다는 것은 이렇게 힘이 되고 마음의 위안을 준다.

요즘 아이들은 형제자매도 없고 수업을 마치면 각자 자기 시간을 갖는다. 학교에서 만이라도 시를 쓰면서 친구들과 함께 할 수 있는 경험을 하게 할 수는 없을까? 하고 혼자 생각해보았다. 서로 힘을 모아 무엇인가를 해낼 수 있다는 경험, 혼자는 못 하지만 친구들과 함께하면 할 수 있구나 하는 경험, 내가 할 수 있는 만큼만 해도 뭔가 성공할 수 있다는 경험 말이다. 친구들과 함께 시를 쓰면서 이런 마음을 느낄 수 있으면 좋겠다 싶었다.

그날은 정규 수업을 마치고 별도의 수업을 하는 중이었다. "오늘 우리 시 한 편 써 보자"하고는 선생님인 내가 먼저 시작했다. 칠판에 내가 쓴 행 다음 행으로 먼저 떠오른 친구가 쓰고, 다음 친구 순으로 써서 네 명이 다 쓴 다음 혹시 더 쓸거리가 있는 사람을 묻자 한 명이 더 썼다. 이 정도면 되겠다 하고는 “우리 제목을 정해보자”고 했다. 아이들이 저마다 한마디씩 한다. 의견을 말하는 것은 모두 들어보고 함께 정리해서 시 한 편을 완성해보았다.

우리 낟알반은요
똑똑하고요
반장과 부반장이 듬직하고요
신기하고요
꽁지샘한테 매일 혼나요.

– 구미문성초 4학년 손지호, 사공아현, 양정운, 유예림, 「낟알반은요」 전문

네 명이 힘을 모아 쓴 릴레이시

이 시를 완성하고 우리는 손뼉을 치며 웃었다. “우리 이 시 내일 친구들한테 읽어주자”라고 했더니 아이들도 모두 그러자고 한다. 혼자는 어렵지만 여럿이 하면 쉽다. 혼자 쓰면 뭘 써야 할지 모를 때가 있지만 함께 쓰면 그럴 때 도와주는 사람이 있다. 릴레이시 쓰기는 시를 쓰면서 친구들과 함께 하는 추억을 만들어줄 수 있어 좋은 활동이다.

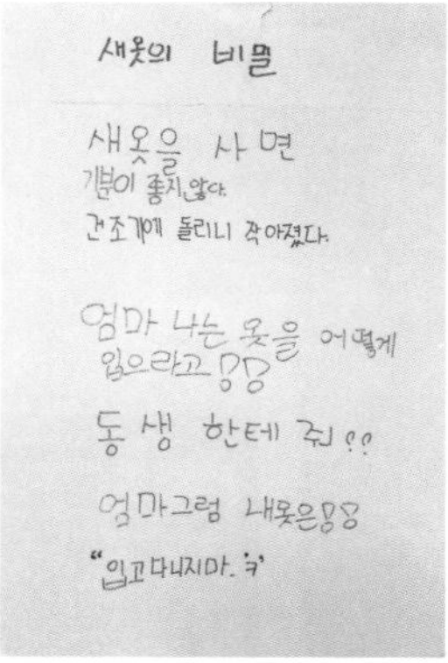

완성된 릴레이시

시 쓰기 좋은 지금 3

준비해주세요 ▽

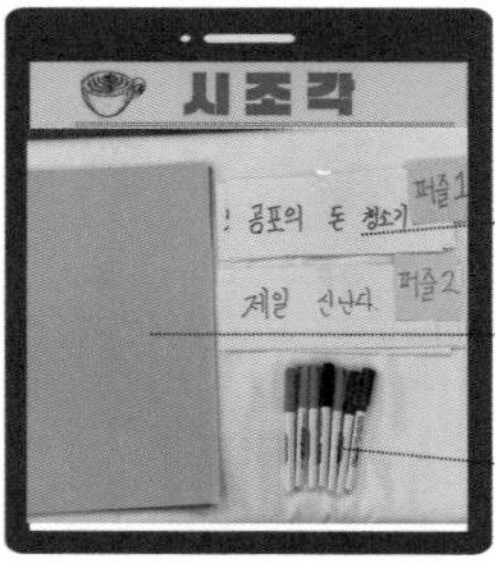

- 시퍼즐 조각
- 색도화지
- 네임펜

시 쓰기 좋은 지금 3

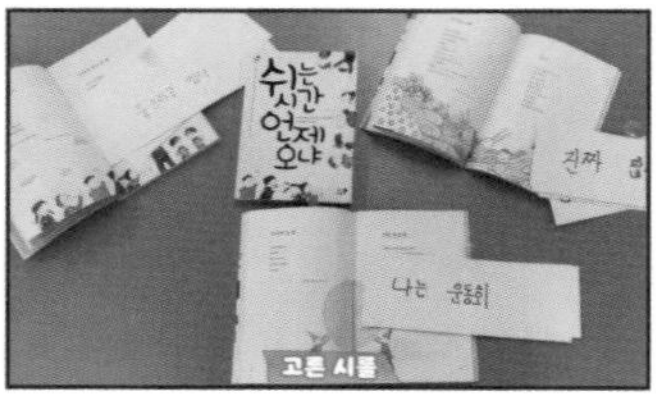

시조각

- 시퍼즐 조각 활동자료를 교실 곳곳에 놓아요.
- 시조각을 둘러보고 마음에 드는 조각을 골라요.
- 고른 조각의 앞이나 뒤에 시를 써서 완성해요.

Tip 시퍼즐 활동할 때 만든 자료를 활용하세요.
시조각의 위치는 앞, 뒤, 가운데 어디든 가능해요.

Rest! 활동 엿보기

#여기저기 시조각

칠판이나 화이트보드에 붙이는 것보다 교실 곳곳에 놓도록 하면 훨씬 즐겁게 활동해요.

#시조각 작품1

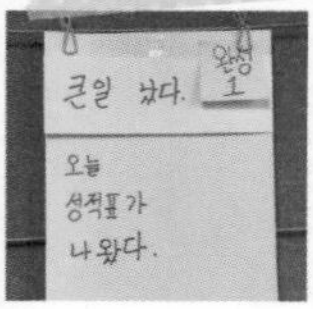

시조각을 앞에 붙이고 나머지 부분을 완성할 수 있어요.

#시조각 작품2

시조각을 가운데나 끝부분에 붙이고 나머지 부분을 완성할 수도 있어요.

완성은 내가 한다! 시 조각

시조각

몇 년 전이었다. 삼일문고에서 뭔가 특별한 프로그램에 대한 공지가 떴다. 평소 작가 만남과는 달리 그날은 동시와 연극을 함께 볼 수 있는 프로그램이었던 것 같다. 한참 동시에 관한 공부를 하고 있기도 했지만 그해에는 낭독극 공부도 하고 있던 터라 일단 신청부터 하고 봤다. 삼일문고 지하에 있는 정면 스크린이 있는 공간이 아니라 왼쪽에 책장이 있는 곳이 무대였다. 무대에서 보이지 않는 곳에서 한 분이 김성민 시인의 「그믐」이라는 동시를 낭송했고 무대에 있는 분들은 그것을 몸으로 표현하고 있었다. 너무 가까운 곳이 무대여서 관객인 내가 몸 둘 바를 모르는 시간이 흘렀지만 시에서 작가가 전하고자 하는 마음을 고스란히 느낄 수 있었다. 무대가 끝났다. 진행하는 분이 책장 곳곳에 붙어 있는 시의 일부분이 적힌 종이를 이용해서 생각을 표현하는 활동을 진행했다. 「그믐」이라는 시 자체는 어른이 읽어도 그 뜻을 헤아리는 데 시간이 걸릴 듯 심오한 동시였지만 한 행씩 떼어 놓자 많은 이야기를 담을 수 있는 문장의 일부분이 되어 주었다. 아이들은 저마다 마음에 드는 종이를 가져와 붙이고 앞이나 뒤에 글을 넣

책 위에 올려 둔 시 조각

어 재미있는 문장을 완성했다. 누구 하나 못하겠어요. 어려워요 하는 아이는 없었다. 서로 자기가 쓴 문장을 말하고 싶어서 손을 들고 문장으로 표현하지 못하는 아이는 몸으로 표현하면서 동시를 느꼈다.

동시를 읽고 행별로 쓴 종이에 '시 조각'이라는 이름을 붙였다. 아이들이 시를 읽고 써 보는 활동까지 계획한 경우에는 A4용지를 가로로 사 등분 하여 길게 잘라서 준비한다. 이면지여도 좋다. 각자 마음에 드는 시를 고르고 혼자 속으로 읽어보고 짝이나 모둠 친구들에게 읽어주면서 음미하는 시간을 갖는다. 혼자 읽어보는 것보다 친구들과 함께 읽게 하면 다른 친구들이 고른 시를 듣게 되어 어떤 표현들이 있는지 많이 알게 되어서 무척 좋다. 음미하는 시간이 끝나면 각자 자기 자리로 돌아와 고른 시로 '시 조각'을 만든다. 처음에는 내가 인쇄를 해서 곳곳에 붙여두었다. 그러면 교사가 수업 준비를 하는데 시간이 오래 걸

독서대에 올려 둔 시 조각

려서 다음에 또 하고 싶다는 생각이 안 든다. 더욱이 아이들 마음에 닿은 시가 아니고 교사가 정한 시여서 시 조각을 음미하는 효과가 줄어든다. '마음이 머문 시'에서 고른 시로 하면 아이들이 직접 고른 시여서 시낭송도 실감 나고 '시 조각'도 더 많이 마음에 담을 수 있어 다음 활동하기에 좋다.

시 조각을 친구들이 잘 볼 수 있는 곳이나 시 조각에 어울리는 장소에 두는 시간을 준다. 아이들은 참 재미있게도 이런 활동을 시키면 꼭 높은 곳에 두려고 한다. 그래서 친구들이 잘 볼 수 있는 곳에 붙여야 한다고 강조해서 말해 주어야 한다. 그러면 높은 곳에 올려두는 친구가 적어지기 때문이다. 한 시간 안에 끝내야 하는 수업일 경우가 아니라면 이렇게 시 조각을 붙여두고 어떤 조각들이 있는지 볼 수 있는 시간을 주는 것이 좋다. 그러면 쉬는 시간 아이들이 어떤 조각에 모여서 이야기하는 장면도 볼 수 있다.

이제 시 쓰기 활동을 할 시간이다. '시 조각'을 음미할 시간을 준다. 교실 곳곳을 다니면서 어떤 '시 조각'이 있는지 살펴보는

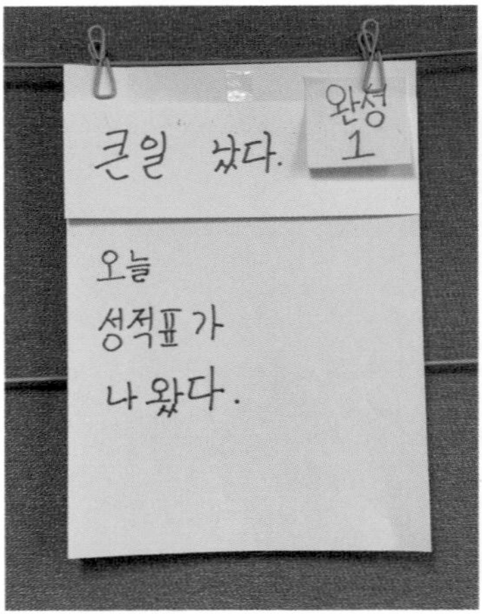

완성된 시조각1

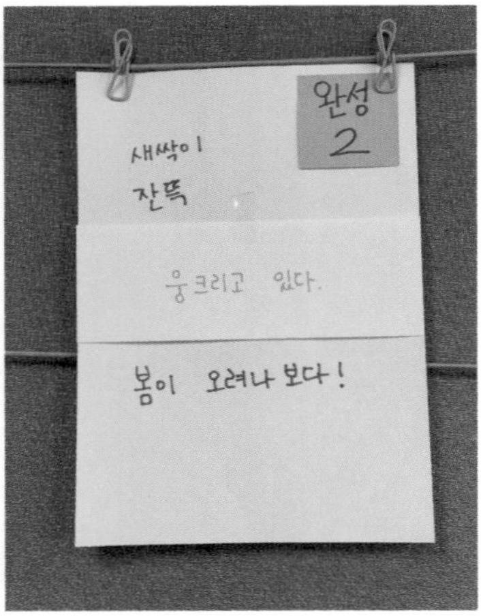

완성된 시조각2

시간을 갖는다. 5분에서 7분 정도면 충분하다. 약속된 시간이 되면 잠시 선 채로 아이들이 보는 방향을 한쪽이 되도록 해준 다음 한 바퀴를 돌면서 마음에 드는 '시 조각'을 한두 개 정도 가져오도록 한다. 아이들이 '시 조각'과 함께 노는 동안 교사는 책상에 이면지나 도화지를 한 장씩 올려둔다. '시 조각'을 가져오면 바로 시를 쓸 수 있도록 말이다. '시 조각'을 두는 위치를 정하고 앞이나 뒤에 글을 써서 완성해본다. 자기가 봐도 잘 썼는지 발표할 거냐고 물어보는 아이들이 여기저기서 엉덩이를 들썩거린다. 아직 활동에 대해 이해하지 못한 아이들이 있을 수 있으니 먼저 완성한 친구들 글을 들려준다. 그러면 아이들은 저마다 '아하', '우와' 하며 친구들의 작품을 듣는다. 더해도 되냐고 묻기도 한다. 왜 안 되겠나. 아이들은 신나게 시를 쓴다.

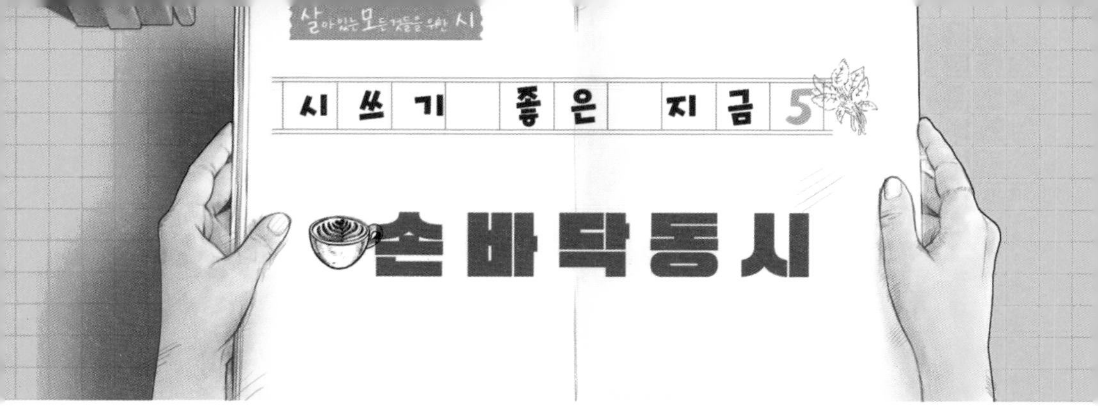

시 쓰기 좋은 지금 5

준비해주세요 ▽

시 쓰기 좋은 지금 5

손바닥동시

- 도화지에 내 손바닥을 대고 그대로 본떠요.
- 주제에 맞게 3줄~5줄로 시를 써서 완성해요.
- 완성된 시에 어울리는 제목을 써서 붙여요.

Tip
- 손바닥 대신 비슷한 크기의 다른 것을 본떠도 좋아요.
- 표현하고자 하는 내용을 짧게 써보는 기회를 주세요.

Rest! 활동 엿보기

#손바닥동시읽기

'소바닥동시'를 함께 읽으며 특징을 찾아보세요.

#OOO시판 만들기

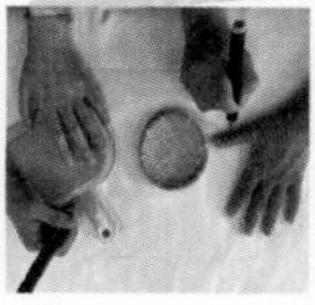

표현하고자 하는 물건을 골라 본뜨면서 자세히 관찰하는 시간을 가져요.

#작품 감상하기

포스트잇을 이용해 서로의 작품에 덧붙이는 말을 써 주세요.

유강희 시인처럼 손바닥 동시

손바닥동시

시는 참 매력적인 글쓰기다. 물론 끊임없이 공부해야 한다는 것이 과제이기는 하다. 사실 국어 교과서에서 우리가 다루어야 할 것은 학년별로 참 많다. 특히 말하기와 듣기를 동시에 할 수 있고, 읽기와 쓰기를 동시에 할 수도 있으면서 문법까지 다루어야 한다. 1~2학년에는 낱말을 바르게 읽고 써야 하고, 문장 부호도 알맞게 사용해야 한다. 그러다 3~4학년이 되면 낱말을 분류하고 사전에서 찾을 수 있어야 하고, 낱말과 낱말의 의미 관계도 알아야 하지만 기본적인 문장의 짜임을 이해할 수 있어야 한다. 드디어 5~6학년이 되면 다의어, 관용 표현에 대해서도 알아야 하지만 문장의 성분 관계와 호응 관계까지 알아야 한다. 읽기만 해도 어려운 이 문법 활동이 동시로 가능하다.

요즘 아이들은 놀 시간이 없다 보니 학교 현장에서는 모든 것들을 놀이로 운영한다. 신체 놀이에서 시작된 놀이는 이제 말도 놀이로 배운다. 그렇다면 1~2학년을 위해서는 최승호 시인의 『말놀이 동시집』이 잘 어울린다. 최승호 시인의 『말놀이 동시집』은 총 5권으로 구성되어 있는데 그중 1권과 3권이 모음과 자음 편이다. 1권에는 '말놀이를 통해서 우리 말의 낱말을 익히고 소리나 뜻의 이모저모를 엿보고 맛보게 하는 재미난 동시' 84편이 실려 있다. 그 중에서 '사자'라는 시는 모음 'ㅏ'에 대한 동시로 모음 'ㅏ'가 들어 간 '사자', '마술사', '사과' 등의 낱말이 나온다. 어린이들은 이 동시를 읽으

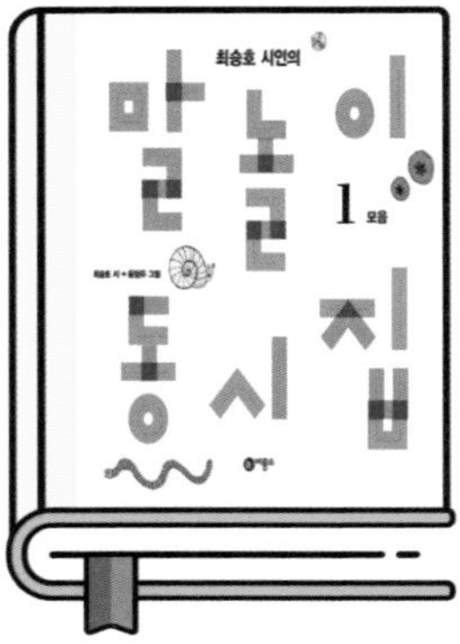

면서 모음 'ㅏ'가 'ㅅ', 'ㅈ'과 만나 '사자'가 되는 것을 알게 되고 이렇게 만들어진 '사자'로 낱말을 반복하여 읽고 써 볼 수 있다. 여기서 확장해서 새로운 낱말도 만들어 볼 수 있다.

어린이가 되어 말놀이 동시 '사자'를 함께 읽어보자. 이 동시를 읽는 어린이 독자들은 '사'자와 아홉 번 만난다. '사'자가 들어간 대상을 엮어 만든 동시를 읽으며 장면을 상상하고 'ㅅ'과 'ㅏ'가 만나서 만들어진 '사'라는 글자를 '사자'로 네 번, '마술사'로 두 번, '사과'와 '사탕'에서 각각 한 번씩 더 만난다. 여기에다 '사자'의 '자', '마술사'의 '마', '엉덩이가'의 '가'에서 'ㅏ'라는 모음이 다른 자음과 만났을 때의 모습까지 확장하여 만나볼 수 있다. 이렇게 'ㅏ', 'ㅓ', 'ㅗ', 'ㅜ', 'ㅡ', 'ㅣ' 모음이 'ㄱ'에서 'ㅎ'을 만나 만든 각각의 낱말 24개가 한 꼭지로 구성된 동시를 만나게 된다. 차례를 가만히 보고 있으면 할머니들이 주부대학에서 한글 배울 때 책을 읽는 소리가 나는 것 같기도 하

다. '가나다라마바사아자차카타파하, 거너더러머버서어저처커터퍼허' 하는 소리 말이다.

무엇을 배우는 데 있어서 가장 중요한 것은 내가 얼마나 그 배움의 주체가 되느냐에 있다는 생각을 자주 한다. 하고 싶어서, 재미있어서 하다 보면 나도 모르게 빠져서 그 시간을 의미 있게 보내게 된다. 글자를 읽고 쓰는 활동은 사실 아이들에게는 힘들고 재미없는 배움일터. 말놀이 동시집은 이런 지난한 배움에 재미를 더해 줄 것이다. 이제 어느 정도 익숙해지면 박성우 시인의 동시집으로 넘어 가보면 좋다.

비룡소에서 나온 '동시야 놀자' 13권과 14권은 박성우 시인의 『첫말 잇기 동시집』과 『끝말잇기 동시집』이다. 『첫말 잇기 동시집』은 말놀이 동시집과 비슷하면서도 다르게 아이들에게 다가간다. 『끝말잇기 동시집』은 우리가 생각하는 끝말잇기와는 달리 제목이 끝말로 연결된 두 단어로 완성된 동시를 만나게 된다. 이제 낱말을 익힌 아이들에게는 이 정도의 확장이 딱 맞을지도 모르겠다. 3학년 이상된 아이들과 활동을 한다면 제목부터 시를 전체로 끝말잇기를 하거나 릴레이 시쓰기를 끝말잇기로 구성해보는 것도 재미있겠다는 생각이 든다. 박성우 시인의 동시집에 실린 '끝말잇기' 동시는 창의력을 기르기 위해 일관성이 없는 낱말을 강제로 연결하여 표현해 보는 활동을 연상하게 한다. 표현력을 기르기 위해 해볼 수 있는 재미있는 말놀이가 될 수 있겠다는 생각이 든다.

3학년에서 4학년이 되면 이제 자신만의 색깔을 담은 동시를 써 볼 수 있다. 그런데 처음부터 동시를 쓰는 것은 어렵다. 그렇다 보니 읽기부터 쓰기까지 장황하게 여기까지 오면서 설명을 한 것일지도 모른다. 처음 시를 쓰면서 따라 해보기 좋은 동시 쓰기 방식을 택하라면 단연 『손바닥 동시』가 최고이다. 문학 수업을 위한 연수에 참여하면서 알게 된 유강희 작가의 『손바닥 동시』에 실린 작품은 모두 3행으로 이루어졌으며 30자 이내로 짧다. 하지만 읽을 때마다 어쩌면 이렇게 대상을 함축적으로 잘 표현했을까 싶어 놀라게 된다. 실제로 표현한 대상을 놓고 다시 읽어 보면 어쩌면 이렇게 마침맞게 표현했을까 감탄하기도 한다. 이안 시인이 『기뻐의 비밀』 79쪽에 밝힌 '우리 고유의 시가인 시조'를 계승했다는 것을 모른다고 하더라도 다른 동시와 구분되는 동시 형식이라는 것을 인정하지 않을 수 없다.

일단 손바닥 동시를 쓰기 전에 아이들과 수수께끼 동시 읽기 시간을 가지면 재미있다. 많이 읽어보면 잘 쓸 수 있게 되니 일단 여러 편을 읽어본다. 실제로 5학년이 되면 역사를 배우게 되니까 자연스럽게 시조와 비교하면서 손바닥 동시를 설명해주면 된다. 그러나 3학년에게는 이런 설명이 너무 어렵고 4학년에게는 지루하게 느껴질 수 있다. 손바닥 동시는 작가가 시에 대한 시상이 떠오르면 손바닥에 적으면서 쓰다 보니 이렇게 글자 수를 적게 쓰는 시를 쓰게 되었다는 이야기를 들었다. 이렇게 해보면 좋겠다 싶었다. 도화지에 자기 손을 그린 다음 오렸다. 아이들에게 수업 시간에 배운 내용을 그곳에 정리하는 동시를 쓰게 했다. 그리고 내 예시 작품을 들려준다. 처음에는 교사의 작품이 필요하지만 다음에는 손바닥 동시로 써 보자고만 해도 아이들은 잘 쓴다. 신기하게도 잘 쓴다. 아이들은 손바닥 동시를 쓰면서 낱말이 가진 의미에 집중할 수 있게 되고 그 낱말을 표현하기 위해 짜임에 맞게 표현해야 하는 것도 이해하게 된다.

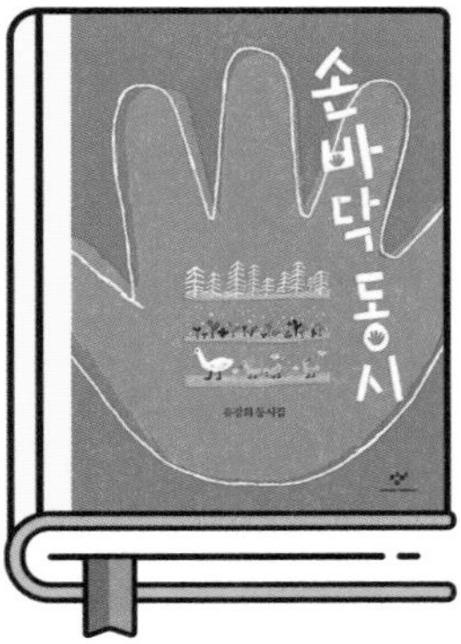

3년 전 과학 전담을 하게 되었다. 과학은 내가 좋아하는 과목은 아니다. 물론 과학 자체를 싫어하는 것은 아니지만 아이들에게 알려주어야 할 정보가 많다 보니 힘든 과목이다. 5학년 날씨 단원을 할 때였다. 이슬, 안개, 비, 눈, 구름, 바람에 대해 실험으로 배운 내용을 정리하는 재미있는 방법은 없을까 고민하다가 손바닥 동시 쓰기로 해 본 적이 있다. 매번 실험을 하다 보면 정리 시간은 5분 남짓이다. 그 짧은 시간에 아이들은 그날 배운 이슬을 아주 재미있게 표현했다. 이 글을 쓸 줄 알았더라면 학교를 옮길 때 아이들이 쓴 손바닥 동시를 꼭꼭 싸서 가지고 왔을 텐데 너무 아쉽다.

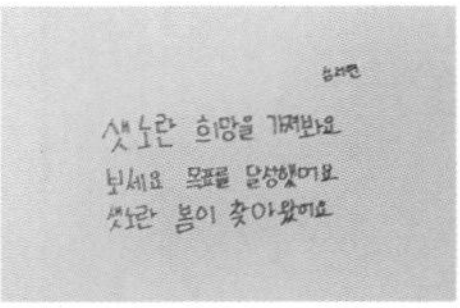

식물 손바닥동시

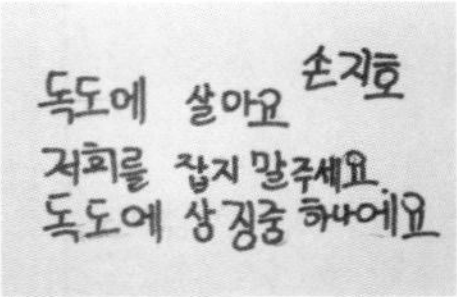

독도 손바닥동시

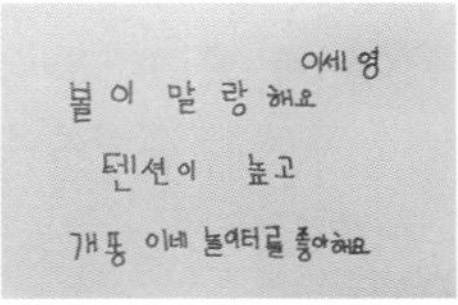

친구 손바닥동시

5학년이 되면 다루는 다의어는 『꿀떡을 꿀떡』이라는 동시집으로 익힐 수 있다. 표지에 장난꾸러기 같은 강아지와 새침해 보이는 고양이가 던지는 꿀떡을 받아먹는 아이가 그려진 이 책은 '낱말 하나에 뜻이 주렁주렁! 동음이의어 동시 그림책'이라는 부제가 붙어 있다. 이 시 그림책의 첫 번째 시는 제목이 담겨 있다. 윤여림 작가는 꿀떡을 포함하여 27편의 동음이의어 동시를 실었다. 각 동시는 의미가 다르면 글씨의 색을 달리하여 읽을 때 의미를 구분해가면서 읽을 수 있다. 꿀떡을 꿀떡해 버린 시 「알쏭 달쏭」, 윷놀이 할 때 놓는 말을 잘 놓는 나, 쌀 한 말을 번쩍 드는 나, 말을 타고 높은 산을 넘는 나와 말을 잘하는 나를 엮어 쓴 「잘 난 나」를 읽으면서 동음이의어를 재미있게 익힐 수 있다.

시가 가진 무한한 매력에 빠진 후에 고학년 국어를 가르친 적이 없어 이 책을 활용해 보지는 못했다. 최근 5학년 국어 수업 컨설팅을 하면서 알게 된 책인데 무척 재미있었다. 어려운 문법도 이렇게 공부하면 참 재미있겠다 싶다.

2-3 시 동아리로 한해살이

*시 동아리와 봄

2019년 4월, 구미 오산초등학교에는 비밀기지가 생겼다. 그곳은 시를 쓰는 게 궁금한 어린이들이 들어가면 시인이 되는 곳이라고 한다. 그 비밀기지는 2014년부터 근무하는 학교마다 계속 비밀기지를 꾸려왔던 아직도 꿈을 꾸며 살아가는 꽁지샘이 지키고 있다고 한다.

교직 생활 20년 만에 처음으로 전담을 맡게 되었다. 그것도 평소에 별로 좋아하지 않아서 매번 진도가 느리던 과학 전담이라니. 큰일이다. 더 큰 일은 매년 담임을 하면서 어린이합동시집을 출간했는데 이 일을 어찌하느냐는 것이다. 방법을 찾아야 한다. 일단 3월 중순쯤 수업이 끝날 때마다 각 반에 광고를 했다. 6학년에게 너희들은 내년이면 이 학교에 없으니 가장 먼저 기회를 준다고 했다. 6학년에게서 다 못 꾸리면 5학년에게 가정통신문을 돌리면 되지만 다시 없을 기회이니 꼭 너희가 했으면 좋겠다는 말도 했다.

가정통신문을 들고 6학년에게 시를 쓰는 동아리를 운영한다고 열심히 설명해도 다들 별 반응이 없다. 과학 시간에 그렇게 무섭던 선생님이 하는 동아리라니 들어가고 싶지 않은 내색이 역력하다. 하지만 작가도 만나고 서점 나들이도 간다고 하면 조금 관심을 주다가 책을 보여주면 '우와' 하는 어린이가 생긴다. 이때를

놓치지 않고 가정통신문을 나눠주고 3일을 기다리니 열한 장의 신청서가 들어왔다. 이 정도면 딱 좋다. 신청자가 너무 적으면 한 명당 써야 할 작품이 많아져서 부담된다. 그렇다고 너무 많으면 우리만의 비밀기지가 너무 소란스러워진다. 2021년에는 11명의 어린이와 비밀기지에서 시동아리 활동을 하게 되었다.

박기성 네? 네. 네?	이준우 시는? 다 썼어요. 제 마음속에 있어요.	복준현 선생님 첫사랑도 글씨를 무척 잘 썼는데. 지금 뭐 하고 있을까?
양승목 승목아, 태민이라 해서 미안. 이제는 안 그럴게.	1반 이가영 너는 벌써 다 했지. 어떻게 했을까? 매번 기대하게 돼.	2반 이가영 동글동글한 눈으로 나를 볼 때면 시를 많이 쓴 거 같아.
김가현 가현아. 가현아? 네 목소리가 듣고 싶어.	김나연 이건 비밀인데. 선생님은 아직도 가현이랑 나연이가 헷갈려.	김보은 이름만 같은 게 아니고 귀여운 볼, 웃는 모습도 조카랑 많이 닮았어.
민지윤 지윤아. 네 덕분에 웃어. 너만 보면 행복해. 그러니까 얼굴 보여줘.	손재협 네가 장난을 치면 왜 안 어울리지? 기타 치는 모습 때문인가?	꽁지샘 권정생 작가처럼 마음이 따뜻해지는 글을 쓰게 될 거야.

소담5기와 꽁지샘 손바닥동시

이제 어린이 시인들과 만날 준비를 해야 한다. 일단 큰 문구점으로 가서 어린이 시인들의 마음을 끌 만한 예쁜 시공책과 필기

도구를 사야 한다. 첫 만남에서 '와아' 하는 소리가 나도록 고르고 또 고른다. 귀여운 캐릭터가 있는 공책과 불이 번쩍번쩍 들어오는 볼펜, 그리고 우리가 어떤 일을 해야 하는지 알려줄 2020년에 나온 소담 4기의 시집! 이제 만날 준비가 다 되었다. 3월 24일! 그렇게 우리는 처음 만났다.

우리의 비밀기지는 매주 화요일과 목요일 아침 8시 30분에서 50분까지 문을 연다. 4월에는 시 읽기만 한다. 아직 시를 쓰려면 멀었다. 소담 3기의 『열세 살 내 인생』을 시작으로, 소담 4기의 『코로나19 종소리』를 읽으며 우리들의 이야기를 시로 풀어내어 시집을 만드는 것이 어떤 것인지 직접 만나야 한다. 그러고 나면 봄, 여름, 가을, 겨울에 나오는 어린이시로 엮은 잡지인 《올챙이 발가락》을 읽고 각자 마음에 드는 시를 낭송한다. 꽁지샘이 보물 1호로 아끼는 시 책장에서 마음에 드는 시집을 골라 마음에 드는 시를 다섯 편 골라 읽고 시선집을 만들기도 한다. 이쯤 되면 어린이 시인들이 묻는다. "근데 우리 시는 언제 써요?" 이제 시를 쓸 준비가 되었다. "시 쓰고 싶어? 그럼 한번 써 볼까?"

*시 동아리와 여름

제일 먼저 쓴 시는 세상에서 가장 짧은 시다. 시에 관해 부담을 갖지 않으면서도 시의 특성을 이해하기에 안성맞춤인 활동이다. 그리고 시 제목을 비밀로 해서 써 보는 수수께끼 동시 쓰기도 해 본다. 주제를 잡아서 시를 쓰는 방법을 익히기에 좋은 방법이다. 서로가 쓴 시를 들려주고 시 제목을 맞히게 하면 자기 작품을 낭송한다는 것도 잊고 제법 진지하게 낭송하고 제목도 잘 맞힌다. 그다음부터는 이제 어린이 시인들의 판이다. "오늘은 뭐 쓰지?" 하면 맛있는 시를 쓰자, 세상에서 가장 무서운 시를 쓰자, 놀면 시가 잘 써질 것 같다면서 놀자고도 하는 등 주문이 많아진다. 이렇게 5월을 보내고 나면 이제 첫 만남에 선물한 시공책에 시가 한 편, 두 편 쌓이기 시작한다.

이제부터 어린이 시인들에게는 본격적인 창작의 고통과 만나는 시간이 온다. 처음에는 하루에 세 편도 쓰고, 수업 끝나고 "저, 시 썼어요"하고 자랑하던 어린이 시인들이 일주일이 지나고 나면 꽁지샘을 슬슬 피하기 시작한다. 가끔은 쓴 시를 읽고 또 읽어도 마음에 안 든다고 투덜거리기도 하고 시 쓸 게 안 떠올라서 힘들다고 징징거리기 시작한다. 그래도 우리는 매주 화요일과 목요일에 만나 자기가 쓴 시를 읽어주고 시를 쓴 친구들을 보며 자극을 받아 시를 쓴다.

7월이 오면 이제 내가 쓴 시를 다시 읽으며 다듬기 작업을 한다.

먼저 내가 쓴 시 중에서 책으로 엮을 작품을 열 편 정도 고르고 꽁지샘과 시 다듬기를 한다. 꽁지샘은 어린이 시인들이 쓴 시를 함께 읽으면서 시에 담긴 어린이들의 이야기를 듣고 그때 어떤 일이 있었는지, 그때 기분은 어땠는지, 그 순간에 어떤 말을 해주고 싶었는지를 물어가며 시에 빠뜨린 이야기를 끄집어낸다. 이렇게 읽고 다듬기를 여러 차례! 시가 완성되면 이제 시에 어울리는 삽화를 그릴 차례다. 예쁘게 나오게 하려면 테두리를 네임펜으로 진하게 그리고 어울리는 색연필로 정성껏 칠해야 한다. 그림 그리는 일이 힘들 만도 한데 시 쓰는 것보다는 쉬운 일이라 그런지 군소리 없이 열심히 한다.

이제 우리가 할 일은 두 가지만 남았다. 바로 시집 제목 정하기와 표지 작업! 보통 시집 제목은 대표 시 하나를 골라서 정하지만, 올해는 시집 제목을 공모했다. 열한 명의 시인들이 낸 의견 중에 가장 많은 표를 얻은 것은 우리가 함께 모여 시를 썼던 이곳을 표현한 '우리만의 비밀기지'였다. 이렇게 '우리만의 비밀기지'는 소담 5기의 시집 제목이 되었다. 그다음은 표지 작업! 열한 명의 시인을 대상으로 공모를 했다. 세 명의 어린이가 표지 공모에 작품을 냈고, 그중에 한 작품이 책날개에 '표지 그림 복준현'이라는 이름을 넣게 되는 영광을 얻었다. 이제 우리가 할 일은 끝났다. 출판사에서 우리 시집을 예쁘게 만들어주길 기다리기만 하면 된다.

*시 동아리와 가을

가을은 기다림의 계절이다. 가을에는 우리 각자의 마음속에 시를 예쁘게 담았다. 내 인생 처음 완성한 시를 아주 작은 종이로 인쇄해 유리병에 담기도 하고, 색연필로 곱게 쓴 시로 열쇠고리도 만들었다. 버려지는 컵을 모아 예쁘게 시를 쓰고 색깔 돌을 담아 화분으로 만들기도 했다. 그리고는 세상에 하나밖에 없는 책 만들기에 들어간다. 자신의 시 중 한 편을 골라 시그림책으로 만드는 것이다. 시를 골라 연과 행을 구분하고 연필로 시를 써서 각 쪽에 들어갈 시를 정한다. 파스텔이나 색연필, 한지를 이용해 색깔을 입히고 네임펜으로 한 글자씩 써가며 책을 만든다. 완성되면 표지를 꾸미고 뒤표지에 가격까지 매겨준다. 일주일에 한 번밖에 모이는 날이 없다 보니 한 달 정도 지나야 시그림책이 완성

인생 첫 시

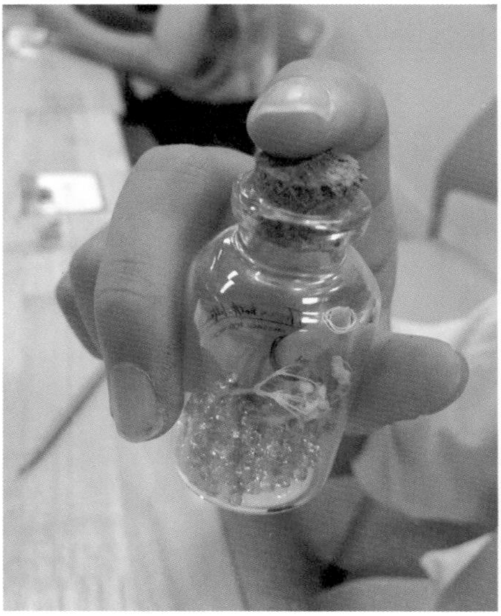

시로 만든 열쇠고리

된다. 이렇게 놀다 보면 드디어 기다리고 기다리던 '우리만의 비밀기지'가 책이 되어 온다. 책이 나온 날, 우리는 비밀기지에 모였다. 책을 두 손으로 받아들고 소리를 지르면서 호들갑을 떨다가 서로에게 축하하는 시간을 가졌다.

나만의 시그림책

시를 품은 컵

*시 동아리와 겨울

그리고 2022년 1월 10일. 도서실에 6학년 친구들과 선생님들을 모시고 출판기념회가 열렸다. 소담 5기의 봄, 여름, 가을, 겨울 이야기를 영상으로 보면서 오신 손님들이 큰 박수로 응원해주었다. 보통의 행사에는 교장 선생님의 축사만 있지만, 어린이 시인들의 출판기념회에는 친구들의 축사가 있어 더욱 가슴 뭉클한 감동을 주었다. 능청스러운 어린이 시인들의 시 낭송은 힘든 일상에 지친 손님들에게 행복한 웃음을 선사하였다. 출판기념회를 마친 다음 날 아침, 전교생에게 시집을 각 교실로 직접 배달하면서 일 년간의 활동을 마무리한다. 동아리 선생님인 나는 어린이 시인들의 소중한 보물을 한 권 한 권 담아 구미에 있는 각 초등학교 도서관에 선물로 보낸다. 여기까지 하면 1년 동아리 농사가

출판기념회 축사

어린이 시인을 위한 선물

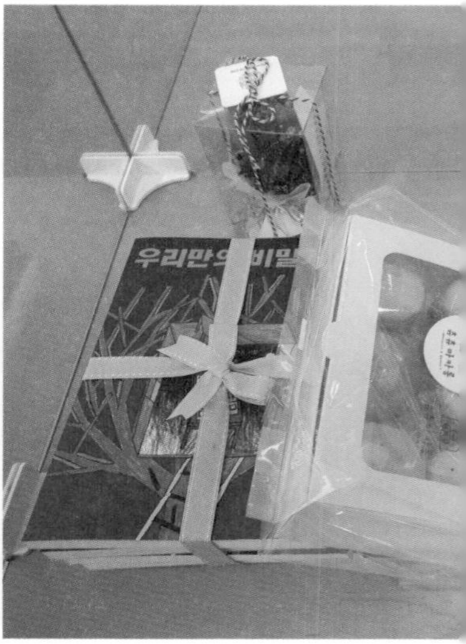

끝난다. 학급을 맡고 있지 않아도 이렇게 시동아리를 꾸려 아이들과 함께 시쓰기를 할 수 있다. 오히려 하고 싶은 아이들만 오다 보니 더 의미 있는 시간이 된다.

◎소담 5기 시쓰기 봄,여름,가을, 겨울: https://youtu.be/-waZIxWfxbs
◎소담 5기 2021년 활동 소감: https://youtu.be/9qCdMGtXFx0

출판기념회 추억 남기기

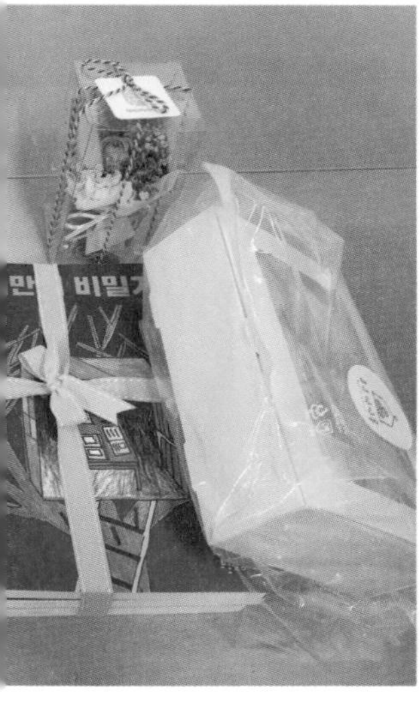

*시 동아리와 다시 봄!

2021년에 나온 『우리만의 비밀기지』는 열한 명 어린이 시인들이 각자 자신의 열세 살 이야기를 담은 어린이 합동 시집이다. 나는 매년 시집이 출간되면 시집을 읽는 모든 사람이 시를 읽으면서 때로는 힘이 되고, 때로는 위로가 되고, 때로는 배움이 되는 시간이 되길 간절히 바란다.

다시 봄이 오면, 중학생이 된 소담 5기는 열네 살의 이야기를 시로 담을까? 나는 새로 만난 어린이들과 소담 6기를 꾸리고 '우리만의 또 다른 비밀기지'를 만들고 거기에 모여 또 시를 쓰겠지. 쓰지 않으면 아이들의 마음을 알 길이 없으니, 아이들의 마음을 풀어줄 길이 없으니, 아이들이 살아갈 힘을 찾게 할 길이 없으니 말이다.

시가 머무는 교실 시와 노니는 교실

2023년 12월 20일 초판1쇄 발행
지은이 박수경 **펴낸이** 김성민 **편집디자인** 김경자

펴낸곳 도서출판 브로콜리숲 **출판등록** 제2020-000004호
주소 41743 대구광역시 서구 북비산로 65길 36, 2층 **전화** 010-2505-6996 **팩스** 053-581-6997
홈페이지 www.broccoliwood.com **인스타그램** broccoliwood_ **전자우편** gwangin@hanmail.net

 ISBN 979-11-89847-72-2 03810

*이 책은 경상북도교육청 '책 쓰는 선생님' 지원사업의 도움을 받아 만들었습니다.